나는
피해호소인이
아닙니다

나는 피해호소인이 아닙니다

박원순 성폭력 사건
피해자가 살아낸
끝날 수 없는 생존의 기록

김잔디 지음

천년의상상

프롤로그

2021년 12월 20일 7시 40분. 알람을 듣고 눈을 뜨지만, 멍한 정신은 몸 여기저기를 무겁게 누른다. 아침이다. 나의 아침은 둘로 나뉜다. 눈을 감고 누워 있었지만 숙면을 취하지 못해 피곤한 아침과 아주 깊은 잠에 들어 꿈과 현실이 구별되지 않는 아침. 오늘은 그런 날이다. 머릿속에 스치는 모든 일들이 꿈인 것 같다. 곰곰이 기억을 되짚는다. 7시 45분 알람이 한 번 더 울리고 손끝 발끝이 점점 잠에서 깨는 느낌이 드는 걸 보면 현실이다. 다시 어디부터 어디까지가 꿈이었는지 생각하다 보면 현실의 잔인함에 감탄한다. 꿈은 잠에서 깬 직후에도 기억이 잘 나지 않고 기억을 되살리려 할수록 점점 더 강하게 희미해지지만, 현실의 기억은 시간이 지날수록 디테일을 채우며 점점 또렷해진다. 그렇게 깨달은 현실에 깊은 숨을 내쉬며 몸을 일으킨다. 8시 알람, 더 지체하면 지각이다.

＊

　2020년 4월, 서울시장 비서실에서 함께 근무했던 선배 직원에게 성폭행을 당했고, 나는 경찰에 신고를 했다. 극심한 정신적 고통 때문에 정신건강의학과 상담을 받으면서, 비서실에서 근무하며 받았던 박원순 시장에 의한 성적 괴롭힘이 나의 정신건강에 미치는 영향을 확인하게 되었고 2020년 7월 8일 박원순 시장을 고소하기에 이르렀다. 그는 그 다음 날 스스로 생을 마감했다.

　내가 이 모든 일을 시작할 때 기대했던 것은 단 하나다. 잘못된 일을 잘못이라고 말했을 때 잘못한 사람들이 잘못을 인정하고, 잘못을 뉘우치고, 진정한 사과를 해서 결국 나의 상처가 회복되고 잘못한 사람들을 용서할 수 있게 되는 것. 그것이 피해자인 나에게도 가해자인 상대방에게도 최선일 것이라고 생각했다. 잘못이 없는 세상이라면 좋겠지만 그것이 불가능하다면 누군가의 어떤 잘못의 끝이 피해자의 좌절과 가해자의 포기로 끝나는 것이 아니라, 함께 그것을 회복하려고 노력한 후 우리가 힘겹고 아픈 길을 걸어왔기에 결국 어제보다 조금 나은 오늘이 되었다고 위안하며 더욱 건강한 내일을 바라보고 나아가는 것. 시간이 조금 걸리더라도 그것이 이루어질 사회라고 생각했다. 그게 내가 생각한 자연스러운 이야기이다.

　그러나 나에게 성폭행을 행했던 직원은 범죄를 저지르고도 뻔뻔하게 직장 내부에 사건에 대해 왜곡된 사실을 알려, 시청에서는 내가 당한 범죄 사실이 화간이라고 소문이 나는 지경이 되어 씻을 수 없는 상처를 더했고, 오랜 시간 성적 괴롭힘을 주었던 박원순 시장은 내가 고소하자마자 피소 사실을 알게 된 후 결국 생을 마감했으며 그를 지지하는 모든 사람들이 나를 공격하는 상황을 초래했다. 몹시 자연스럽지 않아서 받아들이기 힘든 이야기이다.

* *

두 사건 모두 가해자가 나의 성적자기결정권을 침해한 범죄가 분명했기에 경찰에 신고했다. 직장 내부에는 내가 피해자라는 사실을 비밀로 하고 싶었다. 나는 두 사건이 내 인생에 미치는 영향에 대해서 나 혼자 감당하고 싶었다. 나의 잘못이 아닌 일로 내 인생이 송두리째 흔들리는 것은 참을 수 없었다. 겉으로는 아무렇지 않은 듯 살고 싶었다. 하지만 법 앞에서 가해자는 반드시 자신의 행동에 책임을 져야 한다고 생각했고, 그래서 가명으로 법적 절차를 밟기로 했다.

성폭행 사건 직후 가해자는 뭐가 그리 떳떳한지 비서실 사람들에게 빠르게 사실을 알렸다. 술에 취해 나와 함께 실수를 했다고 말했다고 전해 들었다. 성폭행을 당했다는 사실 자체로도 감당하기 어려운 상황에서 내가 철저히 숨기고 싶었던 사실이 가해자의 일방적인 주장에서 비롯한 잘못된 내용으로 조직 내에 알려졌다. 가해자의 말만 믿고 비서실은 피해자인 내게는 사실관계 확인조차 하지 않은 채 사건을 원칙대로 처리하지 않고 조사나 징계 절차를 밟기는커녕 가해자를 나와 업무 연관성이 높은 부서의 보직으로 배치했다.(그는 준강간치상 혐의로 징역 3년 6개월 실형을 선고받았다.) 가해자도 시청 관계자도 다 미친 것 같았다. 이 말도 안 되는 상황을 바로잡기 위해서는 언론의 힘을 빌려야겠다고 생각했다. 밝히고 싶지 않았던 나의 수치스러운 일에 대해 내 손으로 직접 기사를 작성해서 몇 개 언론사에 제보했고, 곧 기사가 보도되기 시작했다. 그제야 시청은 부리나케 대책을 세웠다.

그 뒤로도 나는 잠을 한숨도 잘 수가 없었다. 가장 안전한 공간이어야 할 집에서조차 언제 겁탈을 당할지 모른다는 두려움으로 긴장을 놓지 못했다. 어쩌다 짐깐 잠이 들어도 꿈에서 나를 괴롭히는 사람 두 명이 번갈아 나타났다. 선배(성폭행 가해자)에게 시달리다가 겨우 꿈에서 깨어난 듯 안도하면 곧 또 다른 꿈이 이어져 박원순 시장이 나를 괴롭혔다. 나는 무의식을 지배하는 피해 상황의 재경험이 너무 괴로웠고, 무력하게 당할 수밖에 없는 나의 처지가 억울해서 잠을 잘 수 없었다.

시청 젠더특보는 나에게 정신건강의학과를 소개시켜주었고, 그곳에서 내 정신상태에 대해 깨닫게 되었다. 오랜 시간 지속된 박원순 시장의 성적 괴롭힘으로 인한 트라우마가 성폭행 사건으로 곪아 터진 것이었다. 골다공증 환자에게 교통사고가 일어난 셈이다. 당연히 온몸은 으스러졌고, 여느 교통사고보다 크게 다쳤다. 나는 죽고 싶었지만, 죽기를 결심했기에 그 죽을 각오로, 죽을 때까지는 내가 할 수 있는 한 내가 입었던 피해에 대해 바로 잡아야 죽는 순간에라도 마음이 놓일 것 같았다. 그와 나의 사회적 위치를 고려했을 때 법 앞의 평등이라는 원칙 아래 나의 안전이 보호받을 수 있는 최선의 방법은 사법 절차뿐이라고 생각했고 고소를 결심했다.

고소를 결심하고 경찰 조사까지도 쉽지 않은 여정이었지만, 박원순 시장 사망 이후 그를 애도하는 마음이 모여 나를 향한 공격의 화력이 되는 일은 광기에 가까웠다. 모두 이성을 잃은 것 같았다. 사실을 사실로 받아들이지 않고 믿고 싶은 대로 생각하고 행동하는 사람들과 싸우는 일은 너무나 힘겨웠다. 나를 공격하는 사람들의 중심에는 내가 평소에 존경하고 따르던 사람들이 있었다. 그들의 입장을 머리로는 이해하지만, 마음의 상처는 말할수 없이 깊어졌다. 나의 삶도 죽은 것과 다름없는 삶이었다. 차라리 죽는 것이 낫겠다고 생각하며, 하루하루 끔찍한 날들을 버텼다.

잠이 깨면서 세포 하나하나가 기억하고 있는 그 괴로운 날들이, 그때의 감정들이 생생하게 살아나는 것을 느낀다. 거울을 보며 화장을 하다가 갑자기 울컥한다. 거울에 비친 내 모습이 안쓰럽다. 눈빛에는 지나온 괴로움이 스치고, 금세 마음속 상처에서 솟구치는 진물이 눈물로 맺힌다. 그때부터 원망이 시작된다. 내 인생을 송두리째 망가뜨린 사람들이 떠올라 욕이 나온다. 그렇게 눈물과 욕과 한숨을 내뱉으며 화장을 하다가 버스를 타야 하는 시간이 되면 후다닥 가방을 챙겨 집을 나선다.

정신없이 출근해서 쌓여 있는 일을 하다 보면, 나를 괴롭게 하는 일들로부터 벗어나는 기분이 든다. 괴로움을 집에 두고 나온 기분이다. 하지만 일을 하다 보면 업무적으로, 관계적으로 또 다른 일들이 나를 괴롭히기도 한다. 내가 겪었던 고통에 비하면 별일 아니라고 생각하며 '아무렴 어때'라며 넘기던 일들에 나도 모르게 점점 몰두하게 되고, 지나온 일보다 지금의 상황에 몰입하게 된다. 새삼 어제보다 오늘이 더 힘든 것 같은 기분이 들기도 한다.

* * *

그러다 문득 주변을 둘러보게 된다. 이 사람은 이래서 힘들고, 저 사람은 저래서 아프고. 그들의 아픔과 눈물이 보인다. 마냥 행복해 보이는 사람들일지라도, 그들이 생기있게 느껴지는 것은 아픔과 눈물을 머금고 있기 때문일지도 모른다는 생각이 든다. 퇴근길 떨어진 낙엽을 밟으며 낙엽이 생명을 잃은 것은 눈물이 다 말라버렸기 때문일지도 모른다는 생각이 든다. 살아 있는 것이 아름다운 이유는 흐르지 않은 눈물, 그 보석 같은 아름다움을 품고 살기 때문일 거라는 생각이 든다.

그렇게 나의 눈물과 아픔 또한 나의 일부로 여기게 되면서 그동안 움츠러들고 회피하며 연락을 나누지 못했던 친구들과의 관계도 차츰 회복하게 된다. 그들은 내가 어두운 터널 속에 주저앉아 있을 때, 그들의 선한 마음을 받아줄 겨를이 없어 외면하고 피하기만 하던 순간에도 내 곁에 묵묵히 있어 주었다. 그 자체로 내겐 충분한 위로가 되었다.

그들 중에는 내가 미처 상상하지 못했던 고통의 시간을 겪었던 사람들도 있다. 그들이 힘들었던 시간에 내가 그것을 알고 힘이 되어주지 못했다는 것에 가슴이 찢어질 듯 아프고 안타깝다. 하지만 지금 그들이 행복하게 잘 살고 있는 것처럼 나도 언젠가 다시 잘 살 수 있을 거라는 용기가 생긴다. 그리고 그들이 나에게 힘이 되어준 것처럼 나도 누군가에게 힘이 되는 사람이 되고 싶다.

'힘들다.'고 말하기도 어려운 시간이었다. 힘들다는 말로 담아낼 수 없는 아픔이었다. 힘들다는 말을 꺼내는 순간 가까스로 부여잡고 있는 모든 것이 무너져 내릴 것 같았다. 그러나 이제는 용기내어 '힘들었다.'고 말할 수 있게 되었다. 조금씩 살고 싶어지고, 살 수 있을 것 같다는 생각이 들면서 지나간 아픔을 과거형으로 끝맺고 싶어졌다.

　죽음을 생각했을 때는 생각이 단순했다. 어떤 방법으로 죽어야 할지, 언제 죽을지에 대한 생각만 하면 됐다. 그런데 이제 살려고 하니 생각할 것도 이겨내야 할 것도 너무나 많다. 하지만 나는 그것들을 감당할 수 있는 여력이 없다. 나에게 먼 미래에 대한 고민과 계획은 사치이다. 이 암담한 현실 앞에 나는 또다시 무력해진다. 나는 또다시 어떤 고통을 이겨낼 힘이 없다.

　그래서 나는 오늘만 생각하기로 했다. 어떻게 살아야 할지 막막해서 포기하거나 무너진 희망을 되살리는 것이 어려울 것 같아서 좌절하는 대신에 나는 당장 오늘만 살기로 했다. 아침에 눈 뜨고 숨을 쉬며 꿈이 아닌 어제와 오늘을 현실로 느끼고, 주어진 오늘을 살아내다 보면 그사이 또 내일이 성큼 가까워졌음에 놀란다.

　나의 오늘이 나의 내일에게, 그리고 누군가의 오늘과 내일에게 용기를 주는 삶이 되기를 소망하며 이 이야기를 펴낸다.

2022년 1월 17일

김 잔 디

차례

4부

5부

가족의 목소리

에필로그

1부

김잔디 이야기

———

———

———

'김잔디.'

경찰과 검찰, 법원, 국가인권위원회에 제출된 모든 문건에 표기된 내 이름이다. 내가 김잔디라는 낯선 이름을 쓰게 된 이유는 단순하다.

2020년 4월 성폭력 피해를 입은 당일, 친구의 도움으로 경찰에 신고를 했다. 친구는 나의 연락을 받자마자 인터넷 검색을 통해 여성긴급전화 1366이라는 곳을 찾아주었다. 그곳에 전화를 하자 경찰에 먼저 신고를 하는 편이 신속한 절차 진행을 위해 좋다고 하여 경찰에 신고를 하게 되었다. 신고 뒤 집으로 찾아온 경찰관의 도움으로 고소장을 쓰고 난생처음 경찰차를 타고 다다른 해바라기센터에서 생각지도 못한 일이 벌어졌다. 코로나-19 규정상 고열이 나면 출입이 되지 않았는데, 그날 내 체온이 39도 정도였다. 다음 날 아침까지도 열이 떨어지지 않아서 결국 코로나 검사를 받았고, 그날 밤 음성 결과를 받은 후에야 해바라기센터에 들어갈 수 있었다.

병원 내부에 위치했던 해바라기센터를 찾아 무거운 발걸음으로 복도를 지났다. 평일 저녁이라 그런지 병원에 사람이 많지 않다는 게 왠지 조금은 안심이 되었다. 센터에 들어가 간단한 안내를 받고 상담을 시작했다. 나는 내가 겪은 일들에 대해 이야기하면서 한참을 울었고 가끔은 이성을 잃고 절규하다시피 했다. 상담 말미에 본격적인 공식 절차로 접어들면서 성폭력특례법상 성범죄 피해자는 절차에 따라 가명을 사용할 수 있다는 규정을 안내받았고, 큰 망설임 없이 가명을 사용하기로 결정했다.

김잔디라는 이름에는 어떤 특별한 의미도, 문학적 위트도 없다.

처음에 가명 제도에 대해 안내해주신 상담 선생님께서는 '싫어하는 사람'을 떠올려 볼 것을 추천했고 그 말을 들은 나도 몇몇 이름들을 생각했다. 하지만 그렇게 할 수 없었다. 수사 및 재판 과정에서 관련 자료들이 공개될 경우 이름의 주인에게 느낄 미안함과 죄책감들로 마음에 부담을 지고 싶지는 않았다.

상담사 선생님은 고민을 거듭하는 나를 향해 유명인의 이름은 안 된다고 단호하게 말했다. 이런저런 고려할 것이 많았다. 범죄 피해를 입어서 괴로운 사람에게 직접 가명까지 지으라고 하는 것은 제도의 의미에 비추어 볼 때 어쩌면 너무나 복잡하고 가혹한 배려였다. 앞으로 이 사건을 진행하면서 계속 함께할 이름이면서도 내 원래의 인생과는 철저히 연관성이 없는 이름을 원했다. 그런 모순과 역설이 따라붙는 이름, 그렇다고 희화화되는 이름은 싫었다. 머리카락을 쥐어뜯으며 차라리 실명을 쓰는 것이 낫겠다는 생각이 들 즈음, 상담사 선생님 뒤편에 꽂힌 그 만화책들이 눈에 들어왔다.

"〈꽃보다 남자〉 주인공 이름이 뭐죠?"
"뭐더라…? 잔디? 김잔디요."
"그럼 김잔디로 할게요. 어떨까요?"
"안 될 이유는 없죠."

눈물과 한숨, 절규로 가득했던 방 안 분위기가 잠시 화기애애해졌다. 밤 11시가 다 되어 해바라기센터를 나오며 엄마에게 새로운 이름을 얻게 된 에피소드를 설명했다.

"금잔디 아냐?"

TV 정규방송에서 방영되던 드라마 〈꽃보다 남자〉를 케이블

방송에서 재방영하는 것을 몇 번 보았던 엄마의 반문이었다. 그러게. 김잔디가 아니라 금잔디였네.

금잔디가 아니라 김잔디라서 다행이다. 만화 주인공에게 죄책감을 느끼는 대신, 세상 모든 김잔디라는 이름을 가진 분들에게 죄송하고 감사한 마음으로 이 이름이 관여된 시간에 최선을 다하고 싶다.

그날 이후 나는 잠시 김잔디의 삶을 살게 되었다. 30년 나의 삶과 고통스러운 시간을 분리할 수 있는 제도적 장치로써 얻은 나의 새로운 이름. 이로 인해 나는 잔디의 삶을 객관화하여 볼 수도 있고, 잔디의 삶에 몰입하여 사건을 해결할 수도 있고, 언젠가는 잔디의 삶을 정리하고 원래의 삶으로 돌아갈 수도 있으리라.

절망의 시간 속일지라도 무언가 나의 미래를 주도적으로 선택할 수 있다는 가능성에 나는 조금 안도했다.

상처 위에 또다시 상처

―――――――――――

―――――――――――

서울시장 비서실 및 의전팀에서 일했던 직원들과의 회식이 있던 2020년 4월 14일, 나는 비서실에서 함께 일했던 선배 직원으로부터 불의의 성폭행을 당했다. 부서를 이동한 후에도 가끔 있는 회식자리였지만 정말 가기 싫었다. 사회생활을 하면서 원치 않는 회식자리에 불려가게 되는 경우가 많았다. 여러 사람과 두루 잘 지내려는 성격을 좋게 본 것으로 생각하고 싶었지만, 이렇게 피해를 입은 뒤에야 돌이켜 생각해보면 젊은 여직원과 기분 좋게 술자리를 즐기고 싶었던 남직원들의 욕망이었던 것 같다.

흔쾌히 함께하고 싶은 마음이 들지도 않았으면서 그런 자리를 거절하지 못했던 것이 후회스럽다. 이 피해를 겪기 전에 미연에 조심하고 피하지 않았던 것이 안타깝다. 4년 정도의 시간을 믿고 따랐던 선배였기에, 범죄를 저지를 사람이라고 생각하지 못했다. 아무리 술에 취하더라도 이성을 잃고 자신이 이룬 모든 것을 잃어버릴 정도의 어리석은 짓을 할 사람이라는 생각을 하지 못했다.

나의 외모나 성격 때문일지도 모른다는 생각에 괴로웠다. 내가 이런 일을 초래한 것은 아닐까 자괴감에 시달렸다. 이렇게 자책하는 나에게 당시 사건을 맡아주셨던 서초경찰서 여성청소년계 수사관님께서는 그건 말도 안 되는 생각이라고 말씀하셨다.

잘못한 것은 피의자인데, 피해자인 내가 후회하고 자책하지 않았으면 좋겠다고 하셨다. 어느 누가 회식 후에 성폭행당할지도 모른다는 것을 조심하고 살겠냐면서, 그런 일이 벌어질 것을 예측하고 조심해야 하는 사회가 이상한 것이라고 얘기하셨다. 옷차림, 과음, 친절함, 상냥함 그 어느 것도 후회하지 말고, 원래 살던 대로 당당하게 살라고 말씀해 주셨다.

＊

그날 나는 그 자리에 너무 가기 싫어서 친구들에게 신세 한탄을 하기도 했고, 먼저 도착한 다른 사람들보다 일부러 1시간 30분 정도 늦게 참석했다. 늦었다는 이유로 직원들은 벌주를 먹였다. 나는 분위기를 처지게 만들고 싶지도 않았고, 그냥 빨리 파하고 집에 가고 싶다는 생각에 벌주를 거부하지 않고 마셨다. 그런데 하필 그날 마신 술이 도수가 높은 술이었고 나는 1시간도 되지 않아 의식을 잃었다.

그 뒤는 기억이 나질 않는다. 눈을 떠보니 모텔이었고, 아무리 찾아봐도 휴대폰이 없었다. 내가 있는 곳이 어디인지 지금이 몇 시인지도 알 수 없었다. 무서웠다. 중간중간 기억이 나는 장면들은 성범죄가 분명했다. 나는 모든 것이 또렷하게 기억나지 않는 상황에서 혹시 내가 무슨 실수를 한 것은 아닐까 두렵기도 했다. 그래서 모텔에서 나오면서 CCTV를 확인했고, 몸을 가누지도 못하는 나를 선배 직원이 강제로 모텔 입구로 끌고 들어가는 모습을 확인했다. 객실 문 앞 복도에서도 나는 중심을 잡지 못하고 뒤로 넘어지기까지 했는데, 그런 나를 질질 끌고 방 안으로 들어가는 모습을 확인했다. 내 의사에 반하는 명백한 범죄였다.

나중에 가해자의 아내가 합의를 요구하며 편지를 보내왔다. 나를 겁탈했던 그날이 둘째 아이 100일이었다고 한다. 아이들이 불쌍하니 제발 공무원직은 유지할 수 있도록 도와달라고 한다. 같은 여자로서 어떻게 그런 말을 할 수 있는지 내 눈을 의심했다.

＊＊

그날 이후 눈을 감아도 잠들 수 없고, 눈을 뜨면 현실을 받아들이지 못하는 상태가 며칠 동안 지속됐다. 그래도 아무렇지 않은 듯 잘 살아내 보려고 했다. 꼭 마무리해야 하는 일도 있었기에 마음을 다잡고 출근했다. 심지어는 웃으며 일을 했다. 그렇게 가까스로 부여 맨 나의 마음은 전에 함께 일하던 상사의 연락을 받은 뒤 무너져 내렸다.

상사는 서울시장 비서실에 파견된 경찰 소속이었던 한 경정이 자신에게 나와의 합의를 제안해보라는 말을 했음을 내게 전했다. 애써 숨기고 싶은 내 피해 내용을 이미 다른 사람들이 알고 있다는 것이었고, 나는 그 사실이 너무나 절망적으로 다가왔다. 그게 2020년 4월 20일의 일이었다. 회식이 있고 불과 사흘 만에 시청 내부에 소문이 돌았다고 했다.

그러나 시청의 안일한 사태 파악으로 일은 점점 산으로 갔다. 사건은 분명한 성범죄였는데, 가해자의 말만 믿고 관계자들은 이 사건을 해프닝으로 여긴 듯했다. 시는 피해자인 내게 어떤 연락도 없이, 공정한 조사도 없이 가해자를 다른 부서로 이동시켰다. 소속 직원이 범죄에 연루되었을 때, 직위해제나 대기발령을 하는 통상적인 절차에 부합하지 않는 조치를 내린 것이다.(20/4/21)

그 이유를 능히 짐작할 수 있는 나는 심리적으로 공황 상태가 되어갔다. 이 사건이 박원순 시장 이미지와 지지율에 영향을 끼칠 것에 대비해 먼저 가해자의 소속을 비서실에서 다른 부서로 옮긴 것이 분명했다. 인사기획비서관의 전화를 받았다. 그는 심리상담을 권유했다. 나는 이렇게 넘어갈 일이 아닌 중대 성범죄라고 말하면서 확실하면서도 합리적인 징계를 요구했다. 그럼에도 비서관은 절차에 따라 검찰이 기소를 하고 확정되는 데 2년 정도 시간이 걸릴 거라고 말했다. 둘이 술 먹고 실수한 것 같은데, 그 직원과의 관계도 있으니 처리하기 어렵다는 말을 들었다.

지금에서야 그때를 돌아보면서 차분히 이야기할 수 있지만 그 당시 내 기분은 참담함 그 자체였다. 비서관과의 통화가 끝난 후 나는 다시 정중히 신속한 조사와 징계처분을 요구하는 문자를 전송했다.(20/4/22) 다음 날 나는 가해자가 나와 업무상 밀접한 연관이 있는 자리로 배치된 것을 알았다. 나와 같은 조직에, 함께 일했던 사람들은, 명백한 피해자인 내게 그런 방식으로 너무나 큰 상처를 입히고 있었다. 분명하게 잘못된 조치들이었다. 나의 존엄을 심각하게 훼손시키는 조치들이었다. 나의 존엄을 지키기 위해 내가 할 수 있는 일은 내 손으로 직접 보도자료를 만들어서 언론에 제보하는 것이었다. 그때 메모장에 내가 썼던 보도자료는 다음과 같다.(20/4/23)

박원순 서울시장 비서실 직원 A씨(40세)가 만취한 여성을 강간한 혐의로 현재 경찰 조사중임이 밝혀졌다.

A씨는 지난 14일 밤 11시경 술에 취해 의식이 없는 동료 B씨를 강제로 모텔로 데려가 성관계를 맺은 혐의를 받고 있다.

서울 서초경찰서에 따르면 해당 사건은 사안이 중대하고 조사 기간이 길어질 경우 2차 피해 우려가 있는 점 등을 고려하여 수사를 신속하게 종결하고 검찰에 송치할 예정이라고 밝혔다.

B씨는 경찰 조사에서 "사건 이후 공포와 두려움에 싸여있고 너무 수치스럽다"며 "다시는 이런 일이 재발하지 않도록 지은 죄에 합당한 처벌을 내려달라"고 호소했다고 전해졌다.

A씨는 지난 2016년 1월부터 박원순 서울시장 의전업무을 수행했으며, 지난 2018년 10월부터 시장실에서 근무해온 것으로 밝혀졌다.

이후 서울시 상황은 누군가 표현한 대로 폭탄을 맞은 듯했다. 나는 그런 상황을 기대했던 것이 아니었다. 다만 잘못되어가는 세상을 두 눈 뜨고 볼 수 없었다. 기자들의 보도 요청이 쇄도했고 시청은 난리가 난 듯했다. 인사기획비서관으로부터 계속 연락이 왔다. 그러면서 갑자기 성폭력피해지원 매뉴얼을 보냈다. 다음 날 서울시청은 급히 기자회견을 열었다. 기자회견 내용 중에는 "원스트라이크아웃", "일벌백계" 같은 표현이 들어 있었다. 기자회견 직전에 박원순 시장님께 전화가 왔고, 못 받았던 차에 텔레그램 메시지가 왔다. "잔디야 힘내라!" 그간 내가 얼마나 시장님의 행동에 대해 참고, 나라는 존재가 시정에 누가 되지 않기를 바랐는지에 대해 언급했고, 시장님도 인정했다. 이후 변호사 등을 지원해준다고 하셨고, 그 후 임순영 서울시 젠더특보님으로부터 연락이 왔다. (20/4/24)

사건과 관련해 이야기를 듣고 싶다고 하여 젠더특보님을 집에서 만났다. 사건에 대한 증거들을 보여드리며 이야기했다. 조사가 이루어지고 있냐고 물었더니 다른 부서에서 진행 중이라고 하셨다. 그나마 안심이 되었지만 나중에 알고 보니 내가 시청 내부에 신고하지 않고 바로 경찰에 신고한 사건이기에 내부 조사를 진행하지 않았다고 했다. 특보님은 의료나 법률지원에 대해 이야기를 하셨다. 사실 내 입장에서는 법률 문제보다는 신체·정신적인 고통이 심해 정상적인 생활이 어려웠다. 며칠이 지나도록 잠을 한숨도 잘 수가 없었다. 당연히 업무에도 집중할 수 없었다. 불면증과 불안, 우울증, 자살 충동으로 인해 수면제가 필요해서 정신과를 가보는 것이 좋을 것 같다고 말씀드렸다. 그전에 정신건강의학과 진료를 받아 본 적도 없었고, 오히려 반감이 있기까지 했는데, 나 스스로 내 상태가 너무도 견딜 수 없었기에 병원에 가서 약을 먹고라도 버텨야 할 것 같았다.(20/4/27)

임순영 특보님은 집 근처 가까운 병원을 추천해주셨고 첫 상담일에 같이 내원했다. 내용을 들으신 의사 선생님은 전문적인 법률가의 도움이 반드시 필요할 것 같다고 말씀하셨다. 주변에 법률가가 많았지만 도움을 요청하기 조심스러웠다. 내가 당한 피해 사실에 대해, 그것이 엄연한 사실이었음에도 불구하고 그것들을 상세히 말하고 그에 따른 법률 절차를 진행하기에 나는 스스로가 너무 부끄럽고 수치스러웠다.

나는 그날 서울시 관계자가 아닌 제3자일 뿐인 의사 선생님께 혹시 추천해주실 만한 변호사님이 있는지를 여쭈었다. 그만큼 내 안에서는 서울시에 대한 신뢰가 무너지고 있었다. 의사 선생님은 한참을 고민하고 기억을 더듬으시며 인터넷을 검색해보시더니 말씀하셨다. 서지현 검사 미투 사건을 도왔던 김재련 변호사님이라고 하셨다. 흔한 이름도 아닌데, 내 기억 속에는 존재하지 않는 분이었다. 메모장에 저장을 했다.(20/5/1) 그 후 심리 검사도 진행하고, 계속해서 상담진료를 받았지만 변호사님에게 연락을 하는 등의 생각을 할 겨를이 없었다. 수면, 식사, 샤워 등 기본적인 부분마저 어려웠다. 매일을 울었고, 매일 악몽에 시달렸다. 죽고 싶어서 죽는 방법들에 대해 검색했다.

죽는 방법을 검색하는 것만으로 내 몸이 점차 숨결을 잃어가는 것을 느꼈다. 무서웠다. 다른 잔인한 방법들은 생각할 자신이 없었다. 29층 집의 창문에서 떨어지는 것이 제일 낫다고 생각을 하다가, 평소 사우나와 수영을 좋아하니 내게 제일 친숙한 물에 빠져 죽는 것이 낫겠다고 생각을 하다가, 이내 자신이 없어져 자다가 심장마비로 죽고 싶다는 생각을 했다.

몇 번의 병원 상담을 받던 과정에서 내가 타인의 숨소리나 콧바람에 지나치게 예민하게 반응한다는 것을 의사 선생님은 이상하게 여기시며 전에 그런 경험이 또 있었냐고 물어보셨다. 불현듯 떠올랐다. 머릿속을 스치는 끔찍한 장면이 있었다. 최근 꿈속에서 나를 지속적으로 괴롭히는 그 사람, 박원순 시장이었다. 나는 차마 의사 선생님께 사실대로 말하지 못하고 속으로만 생각했다. 이 상황을 어떻게 설명하고 상담에 임해야 하는 건지, 나는 아무도 믿을 수 없었기 때문에 모든 게 무서웠다.

* * *

결국에는 용기를 냈다. 4월 사건으로 인한 트라우마가 있었던 것이 분명하지만 그 이전의 경험에 의한 트라우마를 나 스스로 분명히 인지하고 당사자를 고소하기로 결심한 것이다. 거대한 권력을 가진 자의 명백한 잘못에 대해 법적으로 판단 받고 사죄와 위안을 얻을 수 있기를 기대했다.

가장 먼저 알아본 일은 증거를 확보하는 일이었다. 바로 포렌식 전문업체를 알아봤다. 나를 지키기 위해서 가장 중요한 것은 역설적이게도 내게 모멸감을 안겨준 일이 적시된 증거의 확보였다. 박원순 시장이 내게 보낸 문자와 사진들 말이다. 지인의 추천을 받아 구로에 있는 업체에 방문하여 떨리는 마음으로 상담을 하고 휴대폰을 맡겼다.(20/5/8) 총 두 대를 맡기고 근처 카페에서 기다리고 있는데 갑자기 연락이 왔다. 비밀번호가 잠겨 있다는 것이다. 최근에 썼던 휴대폰은 비밀번호가 없었는데 전에 쓰던 휴대폰이 잠겨 있었다. 그런데 비밀번호가 기억이 나질 않았다. 비밀번호를 계속해서 시도하다가 결국 기계장치 오류로 휴대폰이 초기화 상태가 되었다. 허탈했다. 결국 한두 시간의 기다림 끝에 최신 휴대폰 한 대에 대해서만 이미징 작업이 완료되었다는 연락을 받았고, 다시 휴대폰을 돌려받았다. 담당자는 금요일이라 시간이 좀 더 걸릴 것 같다고 말을 했고, 경과에 따라 연락을 주겠다고 하여 집으로 돌아왔다.

늦은 시간까지 연락을 기다렸으나 연락이 오질 않았다. 조마조마하고 긴장되는 마음으로 주말을 보냈다. 그러고는 주말이 지나고 월요일에야 연락을 받았다. 포렌식 업체에서는 유의미한 자료가 나오지 않았다고 하며 다른 휴대폰을 가지고 오면 시도해보겠다고 했다. 그러면서 자기들 회사에 언론사와 연결된 로펌이 같이 있는데 그쪽 변호사님과 상담해볼 것을 권유했다. 마음이 복잡했다. 자료가 나오지 않았는데, 변호사를 만나서 상담하고 언론을 활용해서 내 문제를 해결하자는 제안이 그닥 달갑게 들리지는 않았다. 일단 이틀 뒤에 다시 방문하겠다고 했다. 다음 날 의사 선생님이 추천해주신 김재련 변호사님과 상담이 있던 터였다.

김재련 변호사님 사무실에 가기 전에 젠더특보님께서 추천해주신 논현동에 위치한 피해자 지원센터를 먼저 찾아갔다. 법률지원을 받기 위해서는 센터장님과의 면담이 필요하다는 이유에서였다. 1시간여의 면담 동안, "서울시는 아무 잘못이 없다.", "(합의를 제안했던 시 파견)경감은 파면되어야 한다.", "(피해자의 행실을 탓하는)가족이 2차 가해자다." 같은 원론적인 말을 들었다. 나의 상처는 깊어져 갔다. 법률지원을 받기 위해서 이 과정을 거쳐야만

하는 것이 치욕스러웠다. 내 편은 아무도 없다는 생각에 무력해졌다. 면담 종료 후 어둡고 좁은 계단을 다 내려오기도 전에 택시 어플리케이션에 목적지를 입력했다.

 '법무법인 온세상.' 김재련 변호사님의 사무실, 내가 희망을 걸어볼 수 있는 마지막 선택지였다.

논현동에서 서초동까지

서초동으로 향하면서도 내 마음은 계속 논현동에 머물러 있었다.

'김재련 변호사는 조금 리스크가 있죠.'

서울시 직원 성폭행 사건 피해자인 내가 그 조직의 수장이며 또 다른 성폭력 가해자였던 시장으로부터 변호사를 구해주겠다는 말을 들었을 때, 이미 나는 모든 사건의 진실이 밝혀질 수 없음을 깨달았다. 그럼에도 불구하고 거부할 수 없었다. 거부하는 것 자체가 거대한 권력자에게 칼을 겨누는 것이었기 때문이다. 마음은 시시각각 요동쳤다. 그런 이유에서 젠더특보가 주선한 논현동의 센터를 먼저 방문했다.

내게 닥쳐오는 눈앞의 현실도 점점 심각해졌다. 내가 아무도 믿을 수 없는 정신상태였다는 것을 감안하더라도 면담 내용은 너무나 충격적이고 실망스러웠다. 센터장은 나에게 "뭐가 그렇게 힘든지 말해 봐라.", "이상이 너무 높다.", "꿈을 깨라.", "서울시는 잘못한 것이 없다."는 반응을 보일 뿐이었다. 이런 불요불급한 말이 과연 피해자에게 해야 할 소리인가. 나는 내가 처한 참담한 상황을 깨닫고 좌절감을 느꼈다. 나를 상처 준 조직에 대한 환멸, 그리고 그 조직을 감싸는 지원 단체. 나는 막연하게 느끼고 있던 그 불순한 연결고리를 내가 피해자가 되고서야 확실히 피부로 확인했다. 내가 생각했던 것보다 그들의 관계는 훨씬 더 끈끈했다.

내 상한 마음은 갈 곳을 잃었다. 내가 성폭력 피해자로서 신체와 정신이 정상적이지 않은 상황이었음에도 불구하고 센터장은 성폭행 피해자에게 특별휴가 등을 주는 것이 "형평성에 어긋난다."고 표현했다. 범죄 피해를 겪은 것이 형평성이라는 저울에 올려질 일이라면 범죄 피해를 겪지 않았어야 할 나의 권리와 제대로 된 절차에 따라 보호받아야 하는 권리는 그 어떤 것과 비교를 해야 되는 것일까.

5월 5일 비상근무 중이었는데, 걱정이 되었는지 젠더특보님이 전화를 하셨다. 나는 서울시가 명백한 성폭행 사건을 개인의 일탈로 여기면 내가 입은 피해에 대한 법률적 방어와 보호가 어려워질 것 같으니, 성폭행 사건 처리에 대한 서울시의 절차상 문제를 제기하는 것으로 소송을 할 수도 있음을 특보에게 언급했다. 구체적으로는 아버지의 퇴직금을 지원받아 서울시의 관리감독 책임에 대해 소송을 준비할 것이며 의사 선생님을 통하여 김재련 변호사를 추천받았다고 이야기했다. 특보님은 '대체 그런 조언은 누가 해주는 것이냐.'고 추궁하듯 물으셨다. 그것은 사실 그렇게 추궁하는 특보님이 직접 추천한 의사 선생님과의 상담을 통해 얻은 귀한 정보들이었다.

그때까지도 나는 김재련 변호사님을 만난 적도 통화를 한 적도 없었다. 오히려 내게 변호사님을 추천해주신 의사 선생님과 김재련 변호사님까지도 믿지 못하고 인터넷에 올라온 여러 댓글들에 대해 리서치를 해오던 와중이었다. 인터넷에는 변호사님에 대한 우호적이지 않은 내용들이 많이 보여서 망설이던 중이었다. 그런데 오히려 김재련 변호사님에 대해 격한 반응을 드러내는 젠더특보님의 태도가 나를 당혹스럽게 했고 의문을 품게 했다. 결과적으로 나를 돕겠다고 나선 서울시 내부 구성원들에 대한 의구심과 당혹스러움이 내가 김재련 변호사님 사무실에 개인적으로 연락을 해서 직접 사건 상담을 예약하게 된 계기가 되었다.

난생처음 겪어보는, 그래서 의미조차 잘 와닿지 않는 '법률구조에 대한 상담'이라고 하기에 나는 무슨 말을 해야 할지 몰라 아무말이나 했다. 센터장에게 김재련 변호사님에 대해 슬쩍 물었다. 내가 먼저 인터넷에 찾아보니 이런저런 신경 쓰이는 내용이 있어 염려가 된다고 말했더니 센터장은 '김재련 변호사는 리스크가 있고, 요즘에 더 열심히 하는 젊은 변호사가 많이 있다'고 하는 것이었다. 그 말을 듣는 순간 나는 본능적으로 이 사건을 김재련 변호사님께 의뢰해야겠다는 심중을 굳히게 되었다. 피해자인 내게 여전히 상처를 주는 사람들 편에 단 하나뿐인 내 인생을 맡길 수는 없었다. 나보다 서울시를 감싸는 태도로 일관하는 사람들이 경계하는 변호사. 두 대척점 사이에서 내가 선택해야 하는 쪽은 분명했다.

이것이 나의 최초이자 최고의 법률대리인에 대한 무분별한 추측과 음모론에 대한 해답이 되었으면 한다. 내가 직접 서울시의 회유를 물리치고 김재련 변호사님을 선택했고, 이후 모든 과정을 겪으며 나는 그의 진심을 확인했다.

내가 변호사님을 신뢰했던 것은 중요한 순간마다 나의 의견과 선택을 존중해주셨기 때문이다. 그러면서 변호사님은 때때로 내가 아플 때 그 아픔에 공감했고, 내가 울 때 그게 어디든 같이 울어주었다. 특별한 날이든 평범한 날이든 먼저 전화 걸어 응원해주셨고, 기사가 나거나 사건이 있는 날에는 나보다 더 격하게 분노하며 공감해주셨다. 1년 반 동안 끔찍한 위협과 음해에 시달리면서도 나와 함께하는 싸움을 포기하지 않고 응원하고 격려해 주셨다.

온세상의 위로

김재련 변호사님을 처음 만난 것은 2020년 5월 12일이었다. 서울시 공무원 회식 성폭력이 일어난 지 한 달 가까이 되는 날이었다. 친구 중에 변호사가 몇 있는데도, 변호사 사무실을 방문하는 것은 그날이 처음이었다. 대기실에서 잠시 기다리며 왜 내 인생에 이렇게 굳이 일어나지 않아도 될 일들이 생기는지, 경험하지 않으면 더 좋았을 엄청난 일들을 한 달 사이에 얼마나 겪고 있는 건지 생각하니 스스로 애잔한 마음이 들었다.

따뜻한 느낌의 인테리어와 대비되는 파란색 문을 지나 안으로 들어가니 금발 머리에 적색 테 안경을 쓰신 변호사님과 눈이 마주쳤다. 김재련 변호사님이었다. 인터넷에서 본 사진의 인상은 평범하면서도 어딘지 지적인 모습이었는데, 파격적인 머리색에서 느껴지는 실제 인상은 내 인생을 완전히 바꾸어줄 수도 있는 깡이 있는 '센 언니'처럼 느껴졌다. 자리에 앉으시며 같은 사무실의 이미정 변호사님을 호출하셨고, 이 변호사님도 곧 상담실로 들어오셨다.

＊

　전화로 상담을 신청하면서 통화했던 직원에게 상담하고자 하는 내용이 어떤 사건인지 말씀을 드렸기 때문에 두 변호사님께서는 이미 기사를 통해 4월 사건을 파악하고 계셨다. 가해자에 대한 형사소송과 민사소송, 그리고 서울시의 관리감독에 대한 책임까지 말씀하셨다. 확실히 논현동 센터에서 하던 상담과는 다른 결이었다. 그 센터에서의 상담은 내가 잘못한 게 전혀 없는데도 어딘지 주눅이 들게 했고, 나 자신이 무언가를 계속 해명해야 하는 상황으로 몰렸다. 그런데 나는 김 변호사님과의 상담만으로 위로를 받았다. 이 세상에 그래도 나 혼자가 아니라 누군가는 내 편이 되어줄 것 같은 느낌이 들었다.

　상담 말미에 변호사님은 사기업의 피해자는 근무를 지속하지 않고 회사를 상대로 민사소송을 하는 경우가 많지만, 공공기관의 경우 피해자가 남은 직장생활을 위해 기관에 대한 책임을 묻는 경우가 많지는 않다고 하시며, 나의 의지를 물어보셨다.

　나는 이미 퇴직을 생각하고 있었기 때문에 모든 면에 있어서 서울시의 법적인 책임을 묻고 싶다고 했다. 그러면서 나는 갑자기

의도치 않게 시장에 대한 이야기를 꺼내게 되었다. 나는 어떤 불안한 마음에서인지 박원순이라는 말을 꺼내지 않았고 '최고 책임자'라는 말로 조심스럽게 표현했다. 그 사람이 나에게 섹스를 알려주겠다고 했다는 말을 했다. 계획하고 한 말은 아니었지만 아차 싶지도 않았다. 나의 정신은 이미 너덜너덜해져 있었고, 죽음까지도 생각했기 때문에 무서운 것이 없었다. 다만 지금까지 내가 도움을 청했을 때 나를 믿고 나를 도와줄 사람을 만나지 못했을 뿐이었다.

김재련 변호사님을 만나기 전에 나는 정신과 의사 선생님과의 상담을 통해 내가 박원순 시장으로부터 정신적으로 적잖은 피해를 입었음을 깨달았다. 법무법인 온세상에 가기 전에 이미 시장님과의 2월 대화 내용에 대해 포렌식 업체에 복구 의뢰를 했고(박 시장 스스로도 사망 전날 밤의 대책회의에서 이 2월 대화 내용은 문제삼으면 문제 될 소지가 있을 것 같다고 인정했다.), 그 대화 내용과 성적 괴롭힘에 대해서는 비서실에서 함께 근무하던 상사에게 구체적으로 말한 상태였다. 그러나 나를 도와주겠다고 했던 서울시 젠더특보와 센터장은 하나같이 내 마음의 문을 열지 못했다. 오히려 내가 받은 피해를 이해하고 도와주려는 느낌을 받기보다 나를 벼랑 끝으로 몰고 가는 느낌이 들었다. 명백한 성폭력 피해자인 지금의 내 상황도 이해해주지 못하는 사람들이 수년간 은밀하게 이어져 온 거대한 권력자에 의한 피해를 이해해주고 내 편이 되어줄 것이라는 확신이 들지 않았다.

＊＊

그러다 결국 내 마음의 문이 열리고 용기 내어 내가 겪은 일들에 대해 말하게 된 곳이 법무법인 온세상이었다. 나는 담담한 듯, 마스크를 타고 흘러내리는 눈물을 닦기도 하면서 이야기를 꺼냈다. 억울하고 지친 마음, 겹겹이 쌓인 괴로움이 흘러내렸다. 김재련 변호사님께서는 한숨을 쉬셨고, 이미정 변호사님도 듣기가 괴로운지 고개를 숙이고 머리 위로 손을 얹으셨다. 이미정 변호사님께서 메모를 하려는 것 같아, 나는 메모는 하지 말고 듣기만 해달라고 부탁했다. 김 변호사님께서 다음 일정이 있으셨기 때문에 세세한 이야기를 나누지 못했지만 두 변호사님의 눈빛에서 나를 보호하겠다는 의지를 느낄 수 있었다. 그날 30분간의 상담을 예약하고 갔는데 시간은 어느새 1시간 30분이나 진행되고 있었다. 예정 시간을 넘긴 그 상담에서 나는 처음으로 진정한 공감과 위로를 경험했다.

변호사님은 오늘은 일정이 있으니 추후에 다시 상담을 하자고 하셨고, 계약은 어떻게 하는 건지 묻는 나의 질문에 법률구조 사건으로 진행하자고 제안해 주셨다.

두 번째 상담

그 뒤 계속해서 병원 치료를 받으며 괴로운 시간을 보내던 와중에 변호사 사무실로부터 전화를 받았다. 지난번 상담내용 관련해서 만나서 회의가 필요할 것 같다는 연락이었다. 5월 12일 첫 상담을 하고, 보름 뒤인 5월 26일 2차 상담차 변호사 사무실을 다시 찾았다. 이날은 내가 입은 피해 사실에 대한 구체적인 이야기를 나누었다. 내가 겪은 일들이 법적으로 어느 정도의 책임을 물을 수 있는 일인지 변호사님이나 나나 확신이 필요했다.

김재련 변호사님은 구체적 피해 내용에 대해 들으신 후 내가 겪은 일에 대한 공감과 함께 '유력 대선주자'가 범죄행위를 저지른 것도 모르고 국민들은 속아서 그를 대통령 후보로 지지하고 있지 않냐면서 허탈한 듯 말씀하셨다. 그러나 그때 내 마음은 종이보다 얇은 유리막처럼 위태로운 상태였기 때문에 쉽사리 용기가 나지 않고 망설여졌다. 박원순 시장이 나에게 잘못한 것은 명백하지만 포렌식에서 확실한 증거가 나오지 않는다면 소송을 제기하기는 어려울 것 같다고 말씀드렸다.

상담 중에 변호사님은 전화로 믿을 만한 분들에게 디지털 포렌식 업체를 추천받기 시작했다. 민사든 형사든 법적인 싸움에서 증거자료로 제출하기 위해 디지털 포렌식이 중요했다. 몇 통의 통화를 마치시고 마침 가까운 곳에 믿을 만한 업체가 있다고 하셨다.

그날은 휴대폰을 챙겨오지 않아서 우리는 다음 날인 5월 27일 아침 일찍 다시 변호사 사무실에서 만났고, 텔레그램 대화창 등을 확인해보며 나중에 1차 기자회견 당시 공개하게 되는 박원순 시장의 비밀대화 초대화면을 변호사님 휴대폰으로 촬영하기도 했다.

그리고 9시쯤 '국제전자센터'라는 곳으로 향했다. 지하주차장에 내려 1층에서 엘리베이터를 한 번 갈아타고 7층에 내려 미로 같은 복도를 두 번 돌아 매장에 도착했다. 아직 업체 사장님께서 출근하시기 전이었다. 동행한 온세상 실장님께서 사장님께 빨리 오시라며 독촉 전화를 하셨다. 사장님은 서둘러 들어오시며 볼멘소리를 하셨다. 변호사님과 실장님은 비장한 표정으로 사안의 중요성에 대해 강조하셨다. 나는 두 기종의 휴대폰을 사장님께 드렸고 사장님은 비밀유지 서약서를 주셨다. 나는 조금 안도했다. 법률구조사건임에도 필요한 번다한 절차에 대표 변호사님께서 직접 나서주시는 게 참 감사했다.

'제발….'

두 번째 겪는 일이었지만, 무척 신경이 쓰이고 긴장됐다. 약을 먹었는데도 심장이 뛰고 흥분이 가라앉지 않았다. 다음 날 오전, 오후 2시쯤 복원된 파일 원본과 기계를 찾아가면 된다고 연락을 받았다. 사장님은 밤새 야근하신 것도 모자라 점심도 거르고 작업을 했다고 하셨다. 파일이 어디에 뭐가 저장되어 있고, 어떻게 찾아보면 되는지 설명을 들으며 유의미한 정보가 그래도 좀 나온 것 같아서 긴장되었다.

그 두 글자. '섹스.' 복원되지 않는다면 계란으로 바위를 치는 시늉도 감히 하지 못할 그 두 글자면 됐다. 가족들도 확실한 증거를 가지고 싸우기를 바랐다. 아니다. 정확히 말하면 부모님은 처음에는 이 무모한 싸움을 하지 않기를 원했다. 아빠는 소송을 시작하면 죽어버리겠다는 말씀까지 하시며 완강하게 반대했고, 엄마도 세상 여자 누구나 겪는 일이라며 묻고 넘어가자고 했다.

그런 말을 들어야 하는 나는 답답하기만 했다. 분명한 잘못이 있고, 내가 받은 피해가 있는데 왜 그냥 묻고 지나가야 하는지 납득이 되지 않았다. 그런데 남동생 부부가 나를 응원해주었다. 잘못된 일이 있으면 당연히 벌을 받아야 되는 것이라고 말해주었다.

결국 부모님과 절충을 했고 디지털 포렌식 결과 아무것도 나오지 않으면 이대로 멈추기로 약속했다. 나는 매우 간절했다.

피해진술서를 쓰다

김재련 변호사님이 포렌식 자료를 받아보시고는 숙제를 내주셨다. 첫째는 최대한 증거를 확보할 것. 박원순 시장으로부터 입은 피해를 말했던 관련자들과의 대화 내용이 담긴 화면이나 녹취가 가능하다면 대화를 녹음하는 것도 필요하다고 하셨다. 둘째는 내가 겪은 일들에 대해서 최대한 객관적으로 기억을 더듬어서 자세하게 문서로 만들어 달라고 하셨다. 고소장 초안을 작성하는 데 필요한 사실관계 파악이라고 했다.

나는 4월 회식 성폭행 사건에 의해 외상후 스트레스 장애에 시달리고 있었다. 어떤 사건이 벌어지고 한 달까지의 괴로운 기간을 급성 스트레스 장애 기간으로 보지만, 그 기간이 지나고 몇 가지 증상이 확인되면 외상후 스트레스 장애 진단을 받는다. 나는 정신과에서 처방받은 약을 먹고 있었다. 수면제와 항우울제, 안정제였다. 약을 먹으면 정신이 멍했다. 지금의 스트레스만으로도 벅

찼다. 더 이상 안 좋은 기억을 되새기고 싶지 않았다. 그래서 솔직히 피하고 싶은 마음도 없지 않았다.

그러나 하루 종일 머릿속에는 오직 숙제에 대한 생각뿐이었다. 심리적으로는 피하고 싶지만 이성적으로는 이 일을 반드시 치러내 죄와 벌이라는 합당한 결과를 얻어내고 싶었다. 밤마다 휴대폰 메모장을 켰다가 껐다가 만지작댔지만 쉽사리 표현할 수 없었다. 내가 겪은 일들에 대해 어떻게 설명해야 할까. 내가 하는 이야기를 믿어줄까. 시간순으로 적어야 할까, 심각한 순서대로 적어야 할까, 어떤 일들을 적어야 할까. 내가 받은 충격과 불쾌함, 두려움들에 대해서 어떤 객관적인 단어들로 표현할 수 있을까.

과제나 업무를 처리하며 기한을 넘긴 적이 없다. 오히려 기한보다 빨리 마무리하고 계속해서 수정하며 작업을 하는 편이다. 그런데 이번 숙제는 차일피일 핑계를 대며 미룰 수밖에 없었다. 생각하고 싶지 않았다. 떠올리고 싶지 않았다. 내가 경험한 일들을 객관적인 언어로 다른 사람에게 표현하는 것. 그에 앞서 내가 경험한 사실을 나 스스로 받아들이기가 어려웠다. 괴로웠다. 사실을 조금씩 마주할수록 바싹 마른 모래로 쌓은 성이 무너지듯 자존감이 스르륵 무너져 내렸다.

*

　변호사님과의 약속 날짜가 되었다. 그러나 나는 진술서를 한 줄도 쓰지 못한 상태였다. 그때 일을 떠올리는 것이 너무 괴롭고, 정신과 약 때문에 일상생활이 힘든 상태에서 진술서를 작성하는 것이 너무 어렵다고 사정을 말씀드렸다.

　다음 약속 날짜를 잡은 후에도 나는 집에서 하릴없이 세상을 등지는 상상을 할지언정 진술서를 쓸 마음을 먹지는 못했다. 옆에서 엄마는 진술서 쓰기를 재촉하면서 맛있는 것도 만들어주고, 커피도 내려주었다. 그런데 나는 그냥 매일 취할 때까지 술을 마셨다. 처방받은 약이 있었지만 그때는 술이 없으면 살 수가 없었다. 가슴속에 묵직한 벽돌이 하나 들어가 있는 기분이 들었다. 너무 답답했다. 떠올리는 것만도 괴로운데 내 손으로 그걸 적기까지 해야 되다니. 그걸 옆에서 다그치는 엄마가 원망스럽기까지 했다.

　그렇게 약속 날짜가 당장 다음 날로 다가왔고, 그러자 문득 조급해졌다. 막막했다. 무작정 개요부터 작성했다. 나는 왜 이 법적 절차를 진행하고자 하는가. 내가 겪은 피해는 무엇인가. 그리고 나는 내가 힘들 때마다 어떤 노력을 했는가. 간단하고 명료했다. 이제 글을 채워보자.

　눈물이 흘렀다. 멈추지를 않았다. 울화가 치밀었다. 욕을 썼다가 지웠다. 나는 열심히 일하고 싶은 직원이었을 뿐인데 나를 그

렇게 대하다니. 비참했다. 숨이 가빠졌다. 억울했다. 내가 고작 이
것밖에 안 되다니. 더 크게 소리 지를걸. 그러지 못했던 내가 원망
스럽기도 했다. 아니지. 내가 죄책감을 느끼면 안 되지. 나한테 죄
책감을 느끼게 하면 안 되지. 멈출 수 있는 것은 내가 아니라 그
사람이었어.

　이렇게 끔찍하고 괴로운 싸움을 하면서 몇 번을 퇴고하다 보
니 곧 날이 밝았고, 나는 그 문서를 제일 먼저 아빠에게 보냈다.
아빠가 허락하면 고소 절차를 진행하겠다고. 그리고 엄마에게 보
냈고, 아침 7시가 지나기를 기다렸다가 변호사님께 보냈다.

　엄마는 나의 진술서를 보고 울며 화를 냈다. 왜 진작 말하지
않았냐고 소리를 질렀다. 왜 엄마로 하여금 너를 지켜주지 못하도
록 만들었냐고. 그러고는 짧게 속삭였다.

　"고소해라."

서울시장 비서실의 연락을 받다

나는 사기업에 다니다가 9급 공무원 시험에 합격해 2015년 서울시 관할 사업소에 발령을 받아 근무를 시작했다. 내 나이 스물여섯이었다. 그런데 5개월쯤 지났을 무렵 서울시청 인사과에서 시장 비서실 면접을 보러 오라는 연락을 받았다. 지원한 사실이 없는데 난데없이 그런 연락이 온 것이다. 나는 이런 일도 있나 보다 생각하고 면접을 보러 갔고 다음다음 날 시장 비서실로 출근하라는 연락을 받았다.

나에게 주어진 주된 역할은 시장님의 일정 관리, 즉 어떤 일정이 언제 있는지를 알려드리고 일정 간 시간 관리를 하는 것이었고, 시장님 간식을 준비하는 일, 낮잠을 깨워드리는 일, 손님들 다과 준비, 그리고 시장님 친필 서한을 우편으로 보내는 일 등이 더해졌다. 거기에 시장님이 장복하는 약을 대리처방으로 타오는 일도 주어졌다.

그러다 어느 날부터 시장님의 부적절한 신체 접촉이 시작되었다. 나는 결벽증이 심한 사람이기 때문에 다른 사람의 신체가 내 의사와 달리 내 몸에 닿는 것을 극도로 꺼리는 사람이다. 비서이기 때문에 알고 있는 것이지만 평소 박 시장님은 화장실에 다녀와서도 손을 안 씻거나 자주 코를 팠다. 그런 손으로 셀카를 찍자면서 내 어깨에 자주 손을 올리고 허리와 엉덩이 등을 감쌌다. 내게서 나는 향기가 좋다면서 킁킁거리는 시늉을 하며 코를 내 신체에 가까이 대는 것도 정말 수치스러웠다. 나는 그때마다 너무 불쾌했고 소름이 끼쳤지만, 그와 나 사이에 존재하는, 반론의 여지가 없는 힘의 논리 때문에 그에게 대놓고 분명하고 강하게 그런 일은 하지 말아 달라는 말을 하지 못했다.

그러다가, 2018년 9월에 명백한 성추행 사건이 발생했다. 나는 일상적인 업무차 집무실에 들어갔고 그 안에 시장님과 나, 둘만 있는 상황이었다. 직원들 생일에 시장님이 간혹 써주는 친필 카드를 받으러 들어갔던 것인지, 어떤 일 때문에 집무실에 들어갔는지 정확히 기억은 나지 않는다. 그런데, 갑자기 시장님께서 "여기 왜 그래? 내가 호 해줄까?"라고 말하며 상체를 내 무릎 쪽으로 기울이면서 급기야 무릎에 입술을 갖다 댄 것이다. 순식간에 일어난 일이었다. 놀란 내가 뒤로 조금 물러나자 시장님이 균형을 잃고 휘청거려서 내가 부축하며 "괜찮으세요?"라고 물었다. 그 느낌이 너무 더럽고 불쾌했음에도 나는 그에게 화를 내기는커녕 오히려 넘어지는 그를 걱정할 수밖에 없었다. 내 무릎에는 멍이 들어 있었고, 시장님은 허허, 하며 웃었다. 나는 언제 어떻게 멍이 들었는지도 모르는 상황이었다. 분위기가 어색한 가운데 집무실을 나온 나는 탕비실에 가서 펌핑용 손세척제로 번질번질한 박 시장의 침이 묻어 있는 무릎을 깨끗이 닦았다. 너무 더럽고 찝찝했다.

이게 세간에 어느 정도는 알려진 성추행 사건이다. 박 시장님의 성적인 가해는 이것만으로 그치지 않았다. 내실에서 둘만 있을 때 소원을 들어달라며 안아달라고 부탁을 하고, 여자가 결혼을 하려면 섹스를 할 줄 알아야 한다면서 성행위를 적나라하게 묘사하는 문자를 보냈고, 런닝셔츠 차림의 사진을 보내면서, 나한테도 손톱 사진이나 잠옷 입은 사진을 보내달라고 했다. 밤늦은 시간에 뭐하고 있냐고, 혼자 있냐고 물으면서 "내가 지금 갈까." 같은 문자를 보내기도 했다. 이밖에도 "나 혼자 있어." "나 별거해." "셀카 사진 보내줘." "오늘 너무 예쁘더라." "오늘 안고 싶었어." "오늘 몸매 멋지더라." "내일 안마해줘." "내일 손잡아줘." 같은 누가 봐도 끔찍하고 역겨운 문자를 수도 없이 보냈다.

극심한 스트레스를 견디지 못하고 여러 차례 보직 변경을 요청한 끝에 2019년 나는 드디어 시장실로부터 벗어날 수 있었다. 그러자 이제는 다른 사람 눈치 보지 않고 둘만 모르게 만날 수 있지 않느냐는 문자를 보내기도 했다. 박원순 시장의 음란문자는 2020년에도 계속 이어졌고 그러던 차에 나는 4월 회식 중 성폭력을 당했고, 김재련 변호사님과의 상담 과정에서 내 안에 트라우마로 누적되었던 박원순 시장의 성추행 가해 사실을 털어놓게 된 것이다.

공무원 김잔디의 꿈과 서울시장 비서

————————

————————

————————

비서실 발령 이후 나는 꽤 오랜 시간 힘들었다. 비서라는 업무를 하려고 공무원이 된 것은 아니었기 때문이다. 나의 역량을 발휘할 자리라고 생각되지도 않았다. 공무원 시험에 합격하기 전 사기업에서 일할 때 내 이름을 걸고 기사를 쓰던 언론사, 브랜드 마케팅에 대해 고민하던 광고·홍보대행사, 대한민국 노동자에게 도움을 준다는 사명감을 가졌던 고용노동부에서의 일을 제치고 온 자리가 누군가를 뒤치다꺼리해야 하는 자리라니. 나는 자괴감에 시달렸다. 이전 근무부서였던 사업소에서 일하며 느낀 뿌듯함에도 못 미쳤다.

힘에 부칠 때, 나는 많이 울었고, 몹시 힘들었다. 사기업보다 공적인 사명감을 가지는 직업을 갖고 싶어서 공무원이 된 것인데, 한 개인을 위해 희생하는 자리라고 느껴져 몸도 마음도 너무 힘들었다. 비서라는 직무가 적성에 맞지 않는 것이었을까.

스물세 살 광고대행사에 다닐 때는 경쟁 PT 준비로 야근을 하고도 새벽까지 술 마시는 아저씨들이 이해가 가지 않았다. 그런데 이곳에 입사했던 해, 여름부터는 이해가 됐다는 표현이 아까울 정도로 온몸을 다해 그들처럼 살기 시작했다. 6시 30분까지 출근해야 하는 일과였음에도 근무하는 동안 안 좋았던 마음들을 퇴근 후 술잔에 가득 담아, 함께했던 직원과 거칠게 잔을 서로 맞대고 쓰디쓴 입에 털어 넣었다.

치열했던 그 시간들을 난 그저 흘려보내고 싶었다. 담아두지 않고 흘려보내는 게 최선이었다. 매일이 사는 게 아니라 살아내는 시간들이었다. 하루 일정은 20개가 넘었고, 30여 명의 비서실 직원들 중 막내였던 나는 그 많은 상사들을 모시고 그들의 지시사항을 수행하며 극도로 긴장한 상태로 하루를 보냈다. 힘들었던 하루를 마치며 나는 그날 끝낸 일들을 더 이상 수첩에 남겨둘 수 없었다. 내일은 또 새로운 일들로 채워야 했기에, 처리를 마친 일들은 다음 날로 넘기지 않고 펜으로 색칠하다시피 보이지 않게 지웠다. 나만의 거룩한 의식처럼.

그런데 돌아보니, 그렇게 내 마음대로 흘려보낸 줄 알았던 시간은 인생이라는 유리병 속에 채워져 오고 있었다. 그게 좋았던 기억이든, 나빴던 기억이든 시간이 지날수록 더욱더 진하고 선명하게.

비서실에서 나에게 주어진 업무 중 가장 큰 부분은 시장실 환경 정돈이었다. 자괴감이 드는 업무였지만, 그 속에서 의미를 찾으려고 했다. 기계적으로 책상을 정리하고, 보고할 자료를 정돈하는 직원에 그치고 싶지 않았다. 주도적으로 그를 나의 업무 대상으로 여기고 내게 주어진 업무를 파악하고 잘 수행하기 위해 노력했다. 그것은 인수인계를 통해서는 터득할 수 없는 부분이었다. 매일 빈 시장실을 정돈하며 그의 흔적을 통해 공부했다. 그가 어떤 신문의 어떤 기사를 봤는지, 어떤 보고 자료를 유심히 보는지 등을 이해해야 업무에 필요한 부분을 챙길 수 있다고 생각했다.

나는 '의미'가 중요한 사람이다. 삶의 의미, 노동의 의미, 어떤 일의 의미를 찾으면 알 수 없는 힘이 생긴다. 그래서 의미를 찾으려고 노력했다. 내가 해야만 하는 하찮고 조잡한 노동들에 의미를 부여하려고 노력했다. 생각을 조금 바꿔보니 중요한 일이었다. 내가 보좌하는 사람이 효율적이고 효과적으로 시정 수행을 할 수 있도록 보이지 않는 곳에서 많은 것을 준비하는 것. 그런 일에 내가 이바지할 수 있다는 것에 의미를 찾으려고 했다.

그렇게 내가 일의 보람을 느끼고, 몸과 마음이 조금 덜 힘들기 위해서 노력한 마음가짐과 행동들이 끔찍한 일들을 초래한 것은 아닌지 후회하기도 한다. 조금 덜 애쓸 걸 그랬다. 조금 대충할 걸 그랬다.

주어진 자리에서 최선을 다해 살았던 나의 모습이 그에게는 그의 어떤 모습이든 이해해줄 자신의 사람으로 착각하게 하고 나를 함부로 대하게 만든 것은 아닐까. 나의 노동에 의미를 부여할 수록, 나의 인간다움이 존중받지 못하게 된 것 같아서 서글프다.

그날, 2020년 7월 8일

점심시간. 사건을 맡아 고소장 등을 작성해주시던 온세상 이미정 변호사님의 부재중 전화를 확인하고 다시 전화를 걸었다. 식사 중이실 것 같았지만 급한 용무일지 모르니 용건만 간단히 확인하려 했는데, 오늘 사건 접수 관련해서 관할이 바뀔 수 있으니 급히 김재련 변호사님과 14시경 면담을 잡아야 한다는 것이었다. 어제 분명 김재련 변호사님과 메신저로 이미 "내일 중앙지검에 고소장 접수하고 바로 부장검사님 면담이 15시에 예정되어 있으니 14시경 사무실에서 보자"고 약속을 마친 이후였는데, 다급한 목소리로 관할 결정 때문에 보자고 하시니 나로선 어리둥절했다.

사건 준비 초기부터 고소 절차를 상세히 알려주시며, 정치적으로 지위가 있는 사람을 대상으로 하는, 사회적으로 파장이 예상되는 사건이기 때문에 서울중앙지검 여성아동범죄조사부 부장검사님과 면담을 통하여 면담 즉시 피해자 진술이 진행되도록 하는 것이 좋겠다는 말씀을 하셨던 기억이 난다. 그런데 갑자기 관할 변경이라니⋯ 무엇이 잘못된 것일까? 서둘러 채비를 하고 변호사 사무실로 향했다. 혹시 모르니 평소에 가지고 다니지 않는 신분증과 언제 바꿀지 몰라서 준비했던 새 휴대폰을 잊지 않고 챙기며, 몇 번의 조사와 포렌식을 거치다 보니 이제는 익숙하게 행동하는 내 모습이 측은하고 서글퍼졌다.

　변호사 사무실은 분주했다. 고소장 접수를 위한 준비에 한창이었고, 일사불란했다. 잠시 대기 후 김재련 변호사님 방에 들어갔다. 서울중앙지검 여성아동범죄조사부 부장검사님께서 '사건이 정식으로 접수되기 이전 면담은 적절치 않을 것 같다.'고 면담 약속을 취소했다고 했다. 그 사실은 납득이 된다 하더라도, 이미 검찰에 피고소인이 노출된 사실에 대해 크게 우려하신 듯했다. 변호사님은 나에게 어떻게 하는 게 좋을지 물어보셨고, 나는 그 상황에 겁을 먹고 지체하지 말고 바로 고소장을 접수해 달라고 말했다.

　김재련 변호사님과 이미정 변호사님은 내가 보는 앞에서 고소장 접수 기관을 두고 머리를 맞대 열띤 토론을 하셨다. 나의 주소지이자 4월 성폭력 사건 담당서였던 서초경찰서, 피고소인의 주소지이자 범행 장소 관할인 종로경찰서, 아니면 그럼에도 불구하고 중앙지검에 접수할 것인가, 경찰청에 직접 접수할 경우에 관할 변경에 따른 사건 지연 등 논의가 계속 이루어지던 차에, 이미정 변호사님께서 서울지방경찰청이 가장 좋을 것 같다는 의견을 제시했다.

1차 피해진술 직후 신속한 압수수색을 위한 피해자 조사와 보안이 무척이나 중요한 사건이니만큼, 고위공직자, 성범죄 등의 조사에 있어 처음부터 믿을 만한 수사기관에 의뢰하는 것이 필요했다. 관할 등 몇 가지 확인을 한 후, 고소장 접수처를 급하게 변경하여 오후 3시경 바로 서울지방경찰청으로 출발했다. 바로 조사를 받을 수도 있다고 했다. 아니 오히려 보안을 생각할 때 그편이 좋다고 했다. 고소장을 접수한 이후 일어날 파장에 대하여 나를 제외하고 모든 사람들이 심각하고 무겁게 대비하는 듯했다.

문득 휴대폰 유심칩을 바꾸어 끼워야 하는 상황이라는 판단이 들었다. 클립이 필요했다. 상담 및 고소 준비 차 몇 차례 오간 덕분에 이제는 조금 익숙해진 변호사 사무실을 돌아다니며 캐비닛 위편에 놓여 있는 클립을 찾았다. 그러곤 엄마에게 문자를 보냈다. '엄마 나 예전에 쓰던 폰 가지고 지금 택시 타고 올 수 있어? 내가 택시 불러줄게.'

사건을 맡아주시던 이미정 변호사님은 일정상 서울지방경찰청에 동행하지 못하시고 대신 강윤영 변호사님께서 급히 동행하게 되었다. 오전에도 재판에 다녀오셔서 식사도 못 하시고 정신없으시던 와중이었다.

    서초동 사무실에서 서울지방경찰청으로 이동하는 차 안에서 김재련 변호사님은 당초 부장검사님과 어제(20/7/7) 통화로 오늘(20/7/8) 15시경 면담을 하기로 했었는데 어제 저녁에 부장님이 사무실로 전화해 면담을 취소하면서 n번방 사건으로 바쁘다는 이야기를 하여 실망스러웠다고 말씀하셨다.

    고소 준비 중 이미 정신과 진료를 받으며 약물 치료를 병행하던 나는 그날 고소장을 들고 경찰청을 찾아가던 날의 모든 순간이 꿈인 것만 같았다.

서울지방경찰청에서의 조사

서울지방경찰청 민원실에 고소장을 접수하고, 모든 일은 일사불란하게 이뤄졌다. 일이 급박하게 돌아갔다. 그 사이 엄마가 도착했다. 바로 휴대폰을 받았다. 엄마도 긴장한 모습이 역력했다. 엄마가 다시 택시를 타고 집으로 향하는 모습을 보고 안심하고 싶었다. 엄마는 자신이 돌아가는 모습을 보지 말고 내가 먼저 들어가길 바랐다. 서울청 앞 사거리에서 옥신각신하던 우리는 서로 조금씩 양보해서 동시 신호를 받는 횡단보도 위에서 애틋하게 헤어졌다. 멀찍이서 몰래 엄마가 택시를 타는 모습을 보고 다시 민원실로 들어갔다. 코끝이 찡해졌다. 담당 부서에서 고소장을 신속하게 검토하는 사이, 변호사님 두 분과 나는 서울지방경찰청 지하 작은 도서관에서 기다렸다.

고소장 검토가 끝나고 바로 조사에 들어갔다. 여성청소년팀 건물은 별도의 건물에 있어서 차를 타고 이동했다. 실내화를 갈아 신고 들어가 창문이 없는 조사실로 안내를 받았다. 작은 책상 위 조사용 컴퓨터 한 대와 맞은편 벽 쪽에 접이식 의자 세 개가 있었다. 평범하고 행복한 공무원을 꿈꾸었던 내가 경찰서에 와서 고소장을 접수하고 피해자 조사를 받다니. 이 모든 일이 꿈만 같았다. 모든 장면이 영화 같았다.

검정색 가죽재킷에 단정한 커트머리, 무뚝뚝한 말투, 수사관님의 첫인상은 차갑고 날카로웠다. 첫 질문이 피고소인과의 관계였다. 엄청난 유력 정치인과 말단 공무원, 둘의 관계에 대해 답하며 새삼 두려운 마음이 들었다. 세상에 처음 나의 피해 사실에 대해 이야기를 털어놓으며 도와달라고 외치는 이 순간, 가장 첫 질문이 나와 피고소인과의 관계라는 점에 좌절했다. 질문이 잘못된 것은 아니었다. 당연한 질문에 대답하며, 상대방의 무시무시한 위력을 다시금 실감했다. 나는 이 무모한 싸움에서 과연 무엇을 얻을 수 있을까.

조사 주체인 내 앞의 수사관이 나의 이야기에 귀 기울이고, 나를 믿어줄 분인지 확신이 서지 않았다. 두툼한 고소장과 고소 보충의견서를 보고 과연 이런 일들이 실재하는 일이라는 것을 믿어주고 조사를 진행해주실 분인지에 대한 믿음이 없었다. 혹여나 나를 이상한 사람으로 몰아가면 나는 어떻게 대처해야 할지 막막했다. 무서웠다.

한 마디 한 마디 조심스럽게 조사에 임했다. 기억이 나지 않는 부분에 대해서는 최대한 증거를 확인하고 확인하며 답했다. 조사가 한창일 때에 김재련 변호사님 핸드폰 벨이 울렸다. 나를 지원해주실 것을 검토 중인 여성단체분들이 근처에서 기다리고 계시다고 했지만 조사가 길어질 것 같아 내일 아침 모두가 출근하기 전 이른 시간으로 면담 일정을 잡았다.

　조사를 받는 중간에 수사팀장님께서 나를 잠깐 조사실 밖으로 불러 신변보호 스마트워치를 주시겠다고 하셔서 신청서를 쓰고, 사용 방법에 대해 설명을 들었다. 평소에도 시계를 잘 차지 않는 나는 설마 이걸 쓸 일이 있겠냐고 웃으며 물었다. 그 뒤 일어날, 상상도 하지 못할 일들에 대해 전혀 모른 채….

새벽까지 조사받고 귀가

조사는 새벽까지 이어졌다. 새벽 2시 30분쯤 조사가 끝났고, 집에 도착하니 3시 정도가 되었다. 대충 요기를 하고, 엄마에게 상황 설명도 못 하고 너무나 피곤해서 뻗은 채 잠이 들었다. 오전 7시 30분까지 변호사 사무실에서 지원단체분들을 만나기로 한 상태였다. 눈을 잠시 감았다 뜨니 6시 50분이었고, 서둘러 채비를 하고 나섰다.

사무실에서 김재련 변호사님과 함께 한국성폭력상담소 이미경 소장님과 김혜정 부소장님, 한국여성의전화 고미경 대표님과 송란희 사무처장님을 만났다. 몹시 생소한 단체들이었다. 단체 이름들이 비슷해서 구분이 잘 되지도 않았다. '성폭력'이라는 단어를 나와 관계 없는 일이라고 생각하며 과하리만치 회피하며 살아온 나였다. 평소에 페미니즘에 대해서도 큰 관심이 없었다. 그런 내가 정작 피해자가 되자 '여성'과 '성폭력'이라는 울타리에서 나를 보호해 달라고 요청하는 것이 떳떳하지 못하고 송구스럽기까지 한 마음이었다.

박원순 시장님의 시민단체에서의 입지를 안다. 여성운동계에서의 아이코닉한 포지션을 모르지 않는다. 그 사람과 평생을 함께해온, 어쩌면 박 시장님의 동지 같은 이분들이 과연 나를 진심으로 도와줄 수 있을까. 젠더특보가 소개했던 센터에서 받았던 상처가 더 깊이 파이는 것은 아닐까, 다시 한번 그때보다 더 크게 두려웠다. 이 사람들이 나를 믿어줄 수 있을까, 나를 보호해 줄 수 있을까.

두려웠지만 다른 선택지가 없었다. 거대한 권력자를 상대하기에 나 혼자만의 힘으로는 어림도 없고 턱없이 부족하다는 것을 너무나 잘 알았다. 이 싸움에서 이기는 것이 목표가 아니라 나를 지키는 것이 목적이라면, 비이성적인 이 사회에서 나를 보호해줄 사람들은 결국 여성단체분들일 것이라는 생각이 들었다.

회의실이 가득 찼고, 그분들 앞에 놓인 서류들 때문에 원목 회의 탁자가 하얀 책상처럼 보였던 기억이 난다. 김재련 변호사님이 먼저 어제 있었던 고소 및 조사 내용에 대해 설명을 해주셨고, 이어서 나의 생각을 전했다. 약기운에, 잠기운에 어떤 말들을 했는지는 정확히 기억이 나질 않지만 도와주시면 좋겠다, 힘이 되어주시면 좋겠다고 말했다.

회의실에는 연거푸 한숨 소리가 이어졌다. 김혜정 부소장님께서는 분노하셨다. 여성 인권을 외쳤던 사람이 전형적인 위력에 의한 성폭력의 행태를 보인 것이라 했다. 가해 기간을 재차 확인하시고는 안희정 사건을 보면서도 반성이 없었다는 것이 아니냐고 흥분하셨다.

이미경 소장님은 김재련 변호사님의 거취에 대해 질문하셨다. 여론은 사건의 본질보다 김재련 변호사님의 법률 대리에 대해 공격할 것이 뻔하기에 어떻게 하는 것이 좋을지에 대해서 변호사님 의견을 물으셨다. 김재련 변호사님은 단체에서 결정해주시는 대로 따르겠다고 말씀하셨고, 단체에서 의논해보기로 하고 자리는 정리되었다.

사무실을 나서는데 고미경 대표님이 내 손을 꼭 잡아주셨다. 혼란스러움이 느껴졌다. 촉촉한 눈가에 흔들리는 눈동자를 통해 진심으로 사건을 마주하고 계심이 느껴졌다. 네 분 모두의 응원을 받고 인사를 나눴다. 차에서 더 회의를 하고 가신다고 하셨다. 그렇게 나는 집으로 향했다.

실종, 찌라시, 그리고

――――――――――

――――――――――

――――――――――

집에 돌아와서도 정신이 없었다. 경찰이 압수수색영장 신청을 하기 위해 참고인 조사를 서둘러야 했기 때문에 증인이 되어줄 친구와 조사 일정을 잡으며 연락을 주고받았다. 미국에 있는 친구는 시차가 있음에도 전화로 참고인 조사를 받았다며 증언 내용을 나에게 공유해주기도 했다. 한 친구는 통화녹음을 통해 내게 도움이 되는 증언을 해주기도 했다. 수사관님께서는 나에게도 더 필요한 자료들과 당시 입고 있던 옷과 신발을 착용한 사진을 찍어 보내주기를 요청하셨다.

오후가 되니 힘이 빠졌다. 잠시 눈을 붙이고 일어났다. 김재련 변호사님으로부터 MBC 쪽에서 취재가 시작된 것 같다고 연락을 받았다. 무서웠다. 법적 절차를 제대로 밟기 전에 언론에서 먼저 취재를 하면 어떻게 되는 거지? 나는 용기를 내어 고소했는데 법률전문가 출신 유력 정치인이 법정에 가기 전에 미리 준비하는 싸움을 내가 당해낼 수 있을까. 언론을 이용해 나를 사회에서 매장시키면 어떡하지. 걱정이 되었다. 나는 길고 험난한 법정 싸움에서 어떻게 내 피해 사실을 주장할 수 있을지 마음을 더욱 단단하게 다잡았다.

*

오후 5시 50분쯤 갑자기 박원순 시장님이 실종되었다는 뉴스가 보도되었다. 확인해보니 가족의 실종신고 내용도 이상하고 믿기지 않았다. 아무리 컨디션이 좋지 않은 상황에도 중요한 일정을 취소하는 분은 아니었는데, 모든 일정을 취소하고 갑자기 종적을 감추었다니. 시장님이 실종되었는데 가족이 직접 경찰에 신고를 한다고? 그의 가족 주변에는 믿을 만한 사람, 가깝고도 힘 있는 사람들이 많다. 적어도 시장실에는 남대문경찰서에서 파견 나온 경감도 있다. 서울시와 시장실 사정을 아는 내가 보기에는 실종을 전하는 뉴스가 너무나도 이상했기에 믿을 수 없었다.

그러던 중 6시가 조금 넘은 시간부터 친구들을 통해 SNS에 이른바 '찌라시'가 돌고 있다는 연락을 받았다. 실종과 미투에 관련된 글이라고 했다. 내가 괜찮은지 안부를 물었다. 점점 실감이 났다. 아찔했다. 정말 사실일까? 여전히 믿을 수 없었다. 아니 믿고 싶지 않았다. 친구들로부터 그리고 모르는 번호로 전화가 오는

통에 전화기에 불이 났다. 전화가 너무 많이 와서 내가 누군가와 통화 중이라고 생각하고 메시지를 보내는 사람들도 있었다.

나는 지금 이 상황을 받아들일 수가 없었다. 아침에 지원단체 면담 시에 내 왼편에 앉으셨던 이미경 소장님께서 마음을 단단히 먹으라고 연락해주셨다. 마음을 단단히 먹으라는 말씀에 내 마음은 점점 초조해져 갔다.

계속 모르는 번호로 전화가 왔다. 뉴스를 계속 보면서 친구들의 연락도 받지 않았다. 무슨 말을 어떻게 해야 할지 몰랐다. 기자들로부터 취재를 요청한다는 문자가 왔다. 그들이 내 번호를 어떻게 안 것인지 불안하고 무서웠다.

나는 설마 아닐 거라고, 그럴 분이 아니라고 스스로 세뇌하며 뉴스를 믿지 않았다. 밖에는 비가 내리고 있었다. 서울시 4급 이상 간부들은 비상대기를 하고 있다고 했다. 믿고 싶지 않았지만 점점 무서워졌다. 그렇게 계속 뉴스를 보다가 밤 11시 20분쯤 잠이 들었다. 지난 밤 3시간밖에 자지 못해 거의 기절하다시피 잠이 들었다.

그리고 다음 날 새벽 6시쯤 눈을 떴고, 친구에게 온 문자를 확인했다. 박 시장 사망 관련 기사였다. 믿을 수 없어서 포털 사이트에 도배된 기사들 중 하나를 눌렀다. 거짓말. 아직 꿈인 것 같아 눈을 몇 번을 감았다가 떴다가 비벼보기도 했다. 안 그래도 요즘 심신이 불안해서 악몽을 꾸고 가위도 눌리던 참이었다. 꿈속에서 잠이 깨어도 또 다른 악몽으로 이어지는 힘든 꿈에 시달리던 참이었다. 시장님이 숨진 채로 발견되다니, 꿈이길 바랐다. 아니 꿈이어야만 했다. 나는 절대로 이 사실을 받아들일 수 없다. 이건 악몽이다. 깨어나야 한다.

나의 기척을 듣고 엄마는 일어나보라고 말했다. 침대에서 일어나 소파 쪽을 향하는 나에게 엄마는 말했다.

"죽었대."

비로소 현실감이 들었다. 하늘이 무너지는 것 같았다. 머리가 빙글 돌았다. 다리에 힘이 풀려 나는 결국 바닥에 쓰러졌다.

'뭐라고? 왜? 도대체 왜? 나 때문에? 내가 고소해서? 나한테 미안해서? 아니잖아. 다른 이유 때문이잖아.'

다른 답을 찾을 수 없었다. 나 때문에 사람이 죽었다. 내가 사람을 죽였다. 나는 강해져야만 했다. 다윗과 골리앗처럼 불 보듯 너무도 뻔한 강자와 약자의 싸움이지만 진실의 힘으로 이기게 해 달라고 기도했다. 고소를 준비하며 나를 걱정하는 엄마를 안심시키기 위해 물맷돌을 던지는 시늉까지 했었다. 그러나 이런 방식은 내가 원하는 것이 아니다. 현실이, 시장님의 자살이 너무 끔찍했다. 머리가 깨질 듯이 아팠다.

"나 장례식에 가봐야겠어. 나 때문이야. 내가 사람을 죽였어. 난 어떻게 살아. 나도 죽을 거야."

나는 절규했다. 하늘이 무너지도록 소리쳤고, 바닥이 꺼지도록 발버둥치며 오열했다.

2부

만류된 자살, 입원

———————

———————

———————

나는 미친 사람과도 같았다. 그냥 죽어버리고 싶었다. 그래도 죽기 전에 조문은 해야겠다고 생각했다. 후회했다. 내가 참았으면 이런 일이 생기지 않았을 텐데, 처음엔 그런 생각을 했다.

김재련 변호사님에게서 연락이 왔다. 만나서 서로 이야기하는 것이 좋겠다고 하셨다. 만나서 무슨 말이라도 들어야 할 것 같은데 너무 두렵고 무서웠다. 나는 당장이라도 죽고 싶었다. 살고 싶은 마음이 조금도 없었다. 시장님의 죽음, 그 사실을 감당할 수 없었다.

변호사 사무실에 기자가 올 수도 있다고 집으로 데리러 오신다고 하셨다. 집 앞으로 나가는 것마저 무서웠다. 가족들은 나의 신변에 대해 크게 걱정했다. 밖에 잘 나가지 않는 엄마가 변호사님 차까지 배웅해주었다. 우리는 변호사님 차를 타고 은평구에 있는 한국여성의전화로 이동했다. 나는 또다시 절규했고, 고미경 대표님과 이미경 소장님은 내가 병원에 입원해 심리적인 안정을 취하는 것이 좋겠다고 하시며 이곳저곳을 알아보셨다.

그분들 앞에서 조문을 가겠다고 말씀드렸다. 그런데 변호사님 빼고 모두가 말렸다. 사람들에게 노출되는 것에 위험이 있고, 지지자들이 어떤 행동을 할지 대비할 수 없다는 이유에서였다. 지지자들이 고인을 추모하려는 나를 공격할 수 있다는 사실을 듣고 놀랐다. 그들과 나의 마음이 다르지 않을 텐데, 내가 피해야 하는 이유를 납득할 수 없었다. 뼈는 갈리고 살은 갈기갈기 찢어진 기분이었다. 그냥 나라는 존재가 빨리 이 세상에서 없어지는 일만 남은 것 같았다.

그동안 외래 치료를 받던 곳이 아닌 입원이 가능한 다른 병원과 연결되었다. 입원하기로 한 병원 의사 선생님과의 통화가 필요했다. 나는 지금 당장 죽고 싶은데, 폐쇄 병동이 아니라서 입원하려면 자해나 자살을 당장 하지는 않겠다는 어느 정도의 약속이 필요하다는 것이었다. 솔직히 자신이 없다고 말씀드렸지만 의사 선생님께서 잘 설득해주셔서 입원 수속을 진행하기로 합의가 되었다.

어디서 노출 된 건지 자꾸 모르는 번호로 전화가 왔다. 진동음이, 부재중 전화 표시가 두려웠다. 전화번호를 변경했다. 새로운 전화번호로 엄마에게 상황을 설명했다. 딸이 정신병원에 간다는 소리에 엄마는 분노했다. 지금 당장 나를 데리고 집으로 오지 않으면 29층 아파트에서 뛰어내리겠다고 변호사님을 협박했다. 그래서 변호사님과 이미경 소장님, 고미경 대표님과 나는 집으로 향했다. 가는 길에도 머리가 너무 아팠다.

설상가상으로 내가 작성했던 진술서가 유출되어 피해 사실이 일파만파 퍼졌다. 너무 괴롭고 창피했다. 무서웠다. 어떻게 내가 쓴 글이, 그것도 오타(비서실 근무 기간을 설명하는 부분에서 2019년이라고 써야 하는 부분을 2020년이라고 썼다.)를 수정하지도 않은 완전 초안이 나도 모르게 세상에 떠돌아다닐 수가 있는 건지. 이게 무슨 상황인지, 상황이 어떻게 돌아가는 건지 알 수 없어 두려웠다.

집에는 동생이 와 있었다. 엄마는 딸이 정신병원에 간다는 사실을 받아들이기 힘들어했지만, 나는 내가 정상이 아니라는 것을, 무슨 짓이라도 할 수 있다는 것을 알았다. 무서웠다. 죽어버리고 싶었지만, 죽을까 봐 무서웠다. 동생이 엄마를 안심시켜준 덕분에 나는 선생님들과 함께 주차장으로 내려왔다.

변호사님 차에 타고 출발하려는 순간 아빠 차가 지나가는 모습을 보았다. 지금 어디냐고 전화를 하셔서는 얼굴은 보고 가라고 하는데 나는 차마 아빠와 작별인사를 할 자신이 없었다. 지금 입원 수속시간이 임박해서 얼른 가야 한다면서 나중을 기약했다.

어두운 터널의 시작

입원실 베드에서 눈을 떴다. 꿈일까 현실일까. 비가 내려 맑게 씻긴 하늘이 블라인드 틈새로 한 줄기 빛을 비춘다. 손을 뻗어 핸드폰을 찾아 기사를 찾아본다. 어디부터 어디까지 꿈이었을지 되짚어본다. 머리가 아프다. 눈물이 난다. 다시 잠들면 다른 현실을 마주할 수 있을까 계속 자려고 노력해보다가 안 되는 걸 알고는 발버둥치며 일어난다. 블라인드를 걷고 작은 창문 앞에 선다. 눈이 부신 걸 보니 진짜 현실인 것 같다.

의사 선생님께 계속 잠을 잘 수 있게 해달라고 부탁했다. "기억을 지울 수 있는 약이 있냐?"고도 물었다. 그게 아니라면 생각을 하지 않을 수 있도록 그냥 계속 잘 수 있도록 약을 처방해주시도록 부탁드렸다. 믿을 수 없었다. 살아 숨 쉬고 있는 지금 이 순간, 내가 받아들여야 할 현실이 믿기지 않았다.

기사를 보니 어떤 사람들이 나를 "피해호소인"이라고 부르고 있다는 걸 알았다. 처음 듣는 말이다. 피해자를 피해호소인이라고 부르는 그들의 마음엔 무엇이 들어 있을까. 어떤 악의가 있어야 그럴 수 있을까. 그것은 부주의한 게 아니었고 의도적인 것이었다. 사람들의 야만적인 이기심에 가슴이 쓰라렸다. 나를 부정하고자 하는 것인가, 나의 피해를 부정하고자 하는 것인가. 나는 그냥 위로가 필요한 사람이다. 손등에 꽂은 주삿바늘이 눈에 들어온다. 수액 호스가 보인다. 거울을 깨고 싶다. 혼란스럽다. 내가 죽으면 모든 게 해결될까.

감감한 터널에 한참을 주저앉아 울고 있을 때 가족들이 여벌 옷가지를 싸들고 찾아왔다. 엄마는 마음이 아프다고 오지 않았다. 먼 발치에서 본 동생 부부는 한 번도 보지 못했던 어두운 얼굴이다. 나라도 애써 웃으며 안심시킨다.

가족들과 전화 통화하면서 사실은 너무 참을 수 없어서 죽고 싶다고, 나에게 원한을 품은 누군가가 병원까지 찾아와서 죽일 것 같아서 무섭다고, 그런 말은 가슴에 묻고 의사 선생님과 간호사 선생님께서 잘해주시니 좋다고 말을 한다. 새로운 약을 먹으니 게임이 너무 어렵다는 싱거운 소리도 한다. 그렇게 가족들은 처음보다 조금은 안도한 듯 하고, 나는 수화기 너머 들키지 않도록 한 손으로 입을 틀어막고 눈물을 훔친다. 우리 가족의 처지가 모두 내 탓인 것만 같다.

그리고 이미경 소장님으로부터 연락이 왔다. 지원단체분들과

만남을 가졌다. 지금 나의 감정, 필요한 것들에 대해 씩씩하게 말씀드렸다. 내가 살기 위해서는 피해 사실의 인정이 필요하다. 그리고 의도적으로 피해호소인이라는 단어를 쓰면서 나에게 위협을 가하는 사람들을 처벌할 수 있는 사회적 합의와 법적 근거들이 필요할 것 같다고 말씀드렸다.

　　나는 죽고 싶었지만, 죽임당하고 싶지는 않았다. 이 상황을 피하고 싶었지만, 피할 수 없다면 나를 지키는 것이 필요했다. 나는 강해져야만 했다. 그렇게 기자회견을 준비했다.

첫 번째 기자회견 피해자 입장문을 쓰다

기자회견과 피해자 입장문 발표는 지원해주시는 여성단체분들, 그리고 변호사님과 상의 끝에 결정한 것이다. 나는 이 입장문에 내가 입은 피해 사실과 그에 따른 극심한 고통을 진정성 있게 담기 위해 노력했다. 진정성만 담으면 사람들이 내 목소리에 귀를 기울이고 마음을 열어 내 입장을 이해하고 나를 위로해줄 거라고 믿었다. 피해자 입장문 전문은 아래와 같다.

손바닥으로 하늘을 가릴 수 있다고 생각했습니다. 미련했습니다. 너무 후회스럽습니다. 맞습니다. 처음 그때 저는 소리 질렀어야 하고, 울부짖었어야 하고, 신고했어야 마땅했습니다. 그랬다면 지금의 제가 자책하지 않을 수 있을까 수없이 후회했습니다.

긴 침묵의 시간, 홀로 많이 힘들고 아팠습니다. 더 좋은 세상에서 살기를 원하는 것이 아닙니다. 그저 인간답게 살 수 있는 세상을 꿈꿉니다.

거대한 권력 앞에서 힘없고 약한 저 스스로를 지키기 위해 공정하고 평등한 법의 보호를 받고 싶었습니다. 안전한 법정에서 그분을 향해 이러지 말라고 소리 지르고 싶었습니다. 힘들다고 울부짖고 싶었습니다. 용서하고 싶었습니다. 법치국가, 대한민국에서 법의 심판을 받고, 인간적인 사과를 받고 싶었습니다.

용기를 내어 고소장을 접수하고 밤새 조사를 받은 날, 저의 존엄성을 해쳤던 분께서 스스로 인간의 존엄을 내려놓았습니다. 죽음, 두 글자는 제가 그토록 괴로웠던 시간에도 입에 담지 못한 단어입니다. 저를 사랑하는 사람들의 마음을 아프게 할 자신이 없었습니다. 그래서 너무나 실망스럽습니다. 아직도 믿고 싶지 않습니다.

고인의 명복을 빕니다.

많은 분들에게 상처가 될지도 모른다는 마음에 많이 망설였습니다. 그러나 50만 명이 넘는 국민들의 호소에도 바뀌지 않는 현실은 제가 그때 느꼈던 '위력'의 크기를 다시 한번 느끼고 숨이 막히도록 합니다. 진실의 왜곡과 추측이 난무한 세상을 향해 두렵고 무거운 마음으로 펜을 들었습니다.

저는 앞으로 어떻게 살아야 할까요?

하지만 저는 사람입니다.

저는 살아 있는 사람입니다. 저와 제 가족이 보통의 일상과 안전을 온

전히 회복할 수 있기를 바랍니다.

2020년 7월 13일

두 번째 기자회견 피해자 입장문을 쓰다

그런데 1차 기자회견에서 피해자 입장문을 발표했음에도 나의 기대와는 달리 나에 대한 2차 가해는 더욱 심해졌고, 서울시는 나를 '피해를 호소하는 직원'이라고 칭하며 공정치 못한 사건처리 의도를 드러냈다.

7월 13일 1차 기자회견이 있고 나는 14일 2차 가해에 대한 1차 조사를 받았다. 16일에는 엄마가 조사를 받았고 대책위 차원에서 서울시 진상규명조사단에 대한 입장문을 발표했다. 20일에는 제3자 고발에 의한 강제추행 방조와 관련해 피해자 조사가 있었다. 21일엔 2차 가해에 대한 3차 조사가 진행됐다.

그럼에도 지난 1~2주 사이 나에 대한 음해와 억측과 비방이 난무했다. 서울시는 진상조사단 운영을 발표하고 수사기관에선 수사를 이어가거나 새로 시작했지만 나에 대한 호칭을 여전히 '피해호소인'이라고 쓰고 있었고 비판과 논쟁이 일어난 뒤에야 마지 못해 '피해자'라고 명기했다. 정부도 그제야 피해자를 공식 호칭으로 쓰기 시작했다. 피해자에 대한 명칭은 피해자의 법·제도상 절차적 권리와 같은 것인데, 상식 밖의 일이 일어났던 것이다.

대책위분들과 나는 단호하게 2차 가해를 방지할 필요가 있다고 판단했다. 그래서 7월 22일 2차 기자회견을 갖고 피해자 입장문을 발표했다. 당시 기자회견장에서 김재련 변호사님은 기자들에게 다음과 같은 메시지를 전달했다.

강제추행 방조 제3자 고발 건 관련해 관련인들에 대한 조사중인 걸로 안다. 피해자도 진술 조사를 했다. 우리 법에서 방조라는 건 정범의 실행 행위를 용이하게 하는 직·간접적인 모든 행위를 말한다. 위협적·물리적 방조뿐만 아니라 정범에게 범행 결의를 강화하도록 하는 무형적·정신적 방조 행위도 이에 해당한다고 정의하고 있다. 그러면 쟁점은 이 추행의 방조에 있어서 관련자들이 피해자에 대한 추행의 범행 사실을 알면서도 범행을 용이하게 했는지를 봐야 할 것이다.

피해자는 성고충을 인사담당자에게 언급하기도 했다. 동료에게 불편한 내용의 텔레그램 내용을 직접 보여주기도 했다. 속옷 사진도 보여주면서 고충을 호소했다. 그러나 '30년 공무원 생활 편하게 해줄 테니 다시 비서로 와달라. 몰라서 그랬을 것이다. 이뻐서 그랬겠지. 시장에게 직접 인사 허락을 받아라.' 등이 피해자에게 돌아온 대답들이었다. 성고충, 인사고충을 호소해도 피해자 전보조치를 취하기 위한 노력을 안 한

점이 있다. 성적 괴롭힘 방지를 위한 적극 조치를 취하지 않았다. 시장에게 인사 이동 관련 직접 허락을 받으라며 책임을 회피했다.

2차 기자회견에서 내가 발표한 피해자 입장문 전문은 아래와 같다.

증거로 제출했다가 일주일 만에 돌려받은 휴대폰에는 '너는 혼자가 아니야.', '내가 힘이 되어줄게.'라는 메시지가 많았습니다. 수치스러워 숨기고 싶고 굳이 이야기하고 싶지 않은 나의 아픈 이야기를 꺼내는 것이 아직 낯설고 미숙합니다.

그럼에도 오랜 시간 고민하고 선택한 나의 길을 응원해주는 친구가 있다는 것, 그리고 그 친구에게 솔직한 감정을 실어 내 민낯을 보여주는 것, 그리하여 관계의 새로운 연결고리가 생기는 이 과정에 감사하며 행복하기로 마음먹었습니다.

문제의 인식까지도 오래 걸렸고, 문제 제기까지는 더욱 오랜 시간이 걸린 사건입니다. 피해자로서 보호되고 싶었고, 수사 과정에서 법정에서 말하고 싶었습니다.

이 과정은 끝난 것일까요.

우리 헌법 제27조 1항, 모든 국민은 헌법과 법률이 정한 법관에 의해 법률에 의한 재판을 받을 권리를 가진다.

5항, 형사피해자는 법률이 정하는 바에 의해 당해 사건의 재판 절차에서 진술할 수 있다.

제32조 3항, 근로조건의 기준은 인간의 존엄성을 보장하도록 법률로 정한다.

4항, 여자의 근로는 특별한 보호를 받으며 고용·임금 및 근로조건에 있어서 부당한 차별을 받지 아니한다.

헌법 제34조 1항, 모든 국민은 인간다운 생활을 할 권리를 가진다.

3항, 국가는 여자의 복지와 권익의 향상을 위해 노력해야 한다.

저는 기다리겠습니다. 그 어떠한 편견도 없이 적법하고 합리적인 절차에 따라 과정이 밝혀지기를. 본질이 아닌 문제에 대해 논점을 흐리지 않고 밝혀진 진실에 함께 집중해주시기를 부탁드립니다.

2020년 7월 22일

『김지은입니다』를 읽고

　7월 21일, 입원 2주 만에 퇴원을 기념하는 자리에서 한국성폭력상담소 김혜정 부소장님을 통해 『김지은입니다』라는 책에 담긴 김지은 님의 연대와 응원의 마음을 전달받았다. 그 책이 나왔다는 얘길 듣고 한 번 봐야지 했지만 시간이 어떻게 흐르는지 모르도록 정신없이 지내던 참이었다. 어쩌면 나는 김지은 님의 이야기를 받아들일 마음의 준비가 되어있지 않았던 걸지도 모르겠다. 나의 상황을 객관적으로 받아들일 용기가 나지 않아서 그 책을 일부러 회피했던 것 같다. 그러다가 나에게 이런 일들이 벌어진 것이다.

　여전히 7월 21일 그날 밤의 일이 잘 기억이 나질 않는다. 공황장애가 있었고, 약을 복용하는 중에 마시면 안 되는 줄 알면서도 오랜만에 술을 먹어서 그런 것 같다. 한 아이가 보내준 편지와 그림, 간식도 눈물을 흘리며 받았다. 과분했다. 심각한 2차 가해로

상할 대로 상한 마음에 그래도 누군가, 나를 응원하는 사람이 있다는 사실에 작은 위안을 받았다.

그리고 7월 24일, 김지은 님의 언론 인터뷰가 있었다. 박원순 사건 피해자를 지지한다고 말씀해주셨지만 나는 그로 인해 앞으로 그녀에게 다가올 가늠할 수 없는 고통의 크기에 더욱 마음이 아팠다. 시간이 지나 조금씩 아물어가고 있었을지 모를 그녀의 상처가 나 때문에 다시 덧나는 것이 아닌가 하는 죄책감도 들었다. 인터뷰에서 용기를 내어 나를 지지한다는 말씀을 하신 그 마음은 어떤 마음일까. 그것은 2년도 넘는 시간 동안 여전히 고통의 크기가 그대로라는 것일 테다. 김지은 님은 여전히 처절하게 아파하고 계시는 것이다. 그 잔인한 현실이 내게 그대로 느껴져서 마음이 아프고 먹먹했다.

*

인터뷰를 다 보고 난 후 엄마와 눈이 마주쳤다. 우리는 누가 먼저랄 것 없이 눈물을 흘렸다. 2년이라는 시간이 흐른 뒤에도 여전히 이런 삶을 살아야 하는 것일까. 우리가 그 모든 것들을 감당할 수 있을까. 그냥 지금 죽어버리는 게 낫지 않을까. 김지은 님께는 죄송하지만, 인터뷰를 보고 난 직후의 마음이 그랬다. 더욱 숨이 막혔다. 좌절감이 극심했다. 지금까지도 죽지 못해 겨우 살았는데 앞으로 조금이라도 달라지는 것이 있을까. 연달아 피어나는 두려움을 피하고 싶어서 먹으면 안 되는 줄 알면서도 술을 연거푸 들이켰다.

그날은 잠이 더 오지 않아서 뜬눈으로 밤을 꼬박 샜고, 점점 날이 밝아오는 것을 지켜보았다. 무슨 생각을 했는지는 기억이 나질 않는다. 충동적으로 커튼을 걷고 책을 폈다. 이 적막한 순간, 『김지은입니다』라는 책이 나를 위로해 줄 수 있는 유일한 존재인 것 같은 느낌이 들었다.

9페이지부터 시작하는 글을 밑줄을 그어가며 읽는데, 처음부터 놀라움이 시작되었다. 김지은 님의 글은 마치 내가 쓴 글 같았다. 모든 활자 아래에 밑줄을 그은 페이지도 있다. 눈물이 멈추지 않았다. 29페이지까지 읽고서는 더 이상 읽을 수 없을 정도로 꺼억꺼억 소리를 내며 울었다. 가족들이 내가 혼자 흐느껴 우는 소리를 듣고 가슴이 미어질까봐 걱정되어서 잘 자고 있던 엄마와 동생을 일부러 깨워서 그 둘 앞에서 통곡했다.

그 뒤로도 한 줄 읽고 멈추고, 한 장 읽고 덮었다가 다시 보기를 반복했다. 한 번 펼친 책을 앉은 자리에서 다 읽기 좋아하는데 『김지은입니다』를 읽는 데에는 석 달이나 걸렸다. 단어 하나, 표현 한 줄이 다 너무나 끔찍하고 마음 아팠다. 마음을 칼로 찢어내고 그 자리를 계속 후벼 파는 듯한 기분마저 들었다. 책을 다 보는데 그토록 오랜 시간이 걸린 것은 처음이다. 재미가 없거나 시시한 책이라면 진작 책꽂이에 꽂아놓았을 것이다.

　이렇게도 아픈 이 책을 2020년 3월 출간 직후 읽었더라면 조금은 다른 오늘을 마주할 수 있었을지도 모른다는 생각이 든다. 내가 겪은 일들을 지금보다 더 현명하게 받아들이고, 그 문제의식을 지혜롭게 풀어나갈 수 있지는 않았을까 하는 생각이 든다. 어떤 분야의 사회인이든, 관계와 조직 속에서 크고 작은 고통을 느끼는 노동자들은 『김지은입니다』라는 책을 꼭 읽었으면 좋겠다. 조금 더 다른 내일을, 더 당당하고 지혜로운 태도로 살 수 있을지 모른다는 기대로.

　엉엉 울던 날, 엄마와 동생이 해줬던 위로의 말들이 다 기억이 나지는 않는다.

　"전보다 더 잘 살 수 있을 거야."

　그 말만 기억이 난다. 성폭력 고소와 시장님의 사망이 있고, 지금은 9월, 나는 여전히 막막하고 먹먹하다. 정말 전보다 더 잘 살 수 있을까. 전과 같은 생활에 못 미치더라도 평범하고 소소하게나마 살 수 있을까. 나는 살아야 한다고, 살 수 있다고, 행복할 수 있다고 주문을 건다.

공황 발작, 재입원

첫 입원은 죽고 싶을 만큼 힘들어서였다면 두 번째 입원은 건강상의 이유가 컸다. 견디기 힘든 공황이 찾아온 것이다. 오랜만에 모인 가족들과 함께 하는 시간이 생각보다 버거웠다. 각자의 힘든 마음이 모여 서로를 위로하기보다는 우리 모두 더욱 혼란스럽고 괴로웠다. 아빠는 예민해졌고, 엄마는 술을 마셨고, 동생은 자주 울었다. 나는 바싹 마른 안개꽃처럼 작은 자극에도 바스락거리며 부서져 내리는 상태였다. 나는 가족들 사이에서 도무지 치유를 받을 수가 없었다.

피해자는 나 혼자가 아니었다. 부모님과 동생 부부가 느끼는 절망과 괴로움이 고스란히 나의 마음에 짐으로 다가왔다. 전처럼 밝고 씩씩하게 가족을 위로하기에 나의 마음은 상할 대로 상하고 지칠 대로 지쳤다. 서로에게 언제나 힘이 되어주던 우리 가족이었기 때문에 함께 괴로워하며 피눈물을 흘리는 시간이 위로가 되고 치유가 될 줄 알았지만, 아니었다. 나는 가족과 분리가 필요했다. 우리는 서로를 보듬기에 각자가 받은 상처가 너무도 컸다. 가해자를 원망하고 법적으로 보호받는 절차를 보장받지 못한 우리 가족은 서로를 향해서 원망과 화풀이를 하며 상처를 줄 수밖에 없는 연약한 존재들이었다.

가족들과 함께 집에 있는 것이 괴로워 모자와 마스크를 쓰고 무작정 집을 나섰다. 사람들이 모두 나를 향해 다가오는 느낌이 들었다. 모두 나를 쳐다보는 기분이 들었다. 숨을 쉴 수가 없었다. 머릿속이 하얬다. 눈앞이 부예졌다. 나는 핑글핑글 도는 것처럼 어지러웠고, 숨이 막혔고, 다리에 힘이 풀려 주저앉았다. 이렇게 죽을 수도 있겠다는 생각이 들었다. 두 걸음 갈 때마다 한 번씩 멈춰 서기를 반복하여 100미터 정도 되는 거리를 10분을 걸려 걸었다.

너무 무섭고 두려웠다. 죽고 싶은 마음이 컸지만, 내가 선택한 순간이 아닌 때에 내가 선택하지 않은 방법으로 죽는 것이 두려웠다. 나의 죽은 모습을 모두가 바라보게 될 것이 두려웠다. 내가 죽었을 때, 내 죽음을 받아들여야만 하는 사람들이 걱정됐다.

그 길로 집에 돌아오자마자 부모님께 다시 병원에 가야겠다고 말을 했다. 부모님은 마음 아파하시며 반대하셨지만, 결국 내 결정에 따라 주셨고, 단체와 병원의 도움을 받아 퇴원하고 열흘 만인 7월 31일 다시 입원했다.

비의 자유로움을 탐하다

철저하게 규칙적으로 흘러가는 병원의 시간 속에서는 악몽을 꾸어도, 불면에 시달려도 새벽 4시에는 기계처럼 눈이 떠진다. 간호사 선생님들에게 내가 잠에서 깼다는 것을 들키기 싫어서 꽤 오랜 시간 숨 죽이고 작은 병원 침대 위에서 이리저리 뒤척이다가 5시 점등과 함께 부산히 움직이는 복도에서 나는 소리에 동참하여 병실 불을 켠다. 오늘도 병원의 그런 보통 날 중 한 날이다. 한 가지 특별함을 찾자면 조용하고 한산한 일요일이라는 정도.

오늘, 나는 답답한 마음에 처음으로 병원 부지 내 카페에 혼자 다녀오겠다고 허락을 맡고 나선다. 덜거덕거리며 링거 거치대를 끌고 복도 끝에 위치한 병실로부터 길고 긴 복도를 지나 곧 조마조마한 마음으로 병동 간호사실을 지나 엘리베이터 앞 게이트에 이르면 마음속 깊은 곳에선 작은 환호성이 터지고 살짝 마음이 놓인다.

세 대의 엘리베이터 중에 가장 빨리 올 것 같은 엘리베이터에 작은 도박을 걸고, 운 좋게 몇 초 되지 않아 엘리베이터에 올라 얼른 '닫힘' 버튼부터 눌러서 엘리베이터 문을 닫고, '1'이라는 숫자를 누르고 몇 호흡 지나 다시 엘리베이터의 문이 열리면, 나는 병원 로비라는 작은 자유와 마주한다.

왼쪽으로 돌아 내부 관계자들이 주로 이용하는 장례식장 쪽 복도를 거닐면, 마치 긴 터널 끝으로부터 작은 빛줄기를 본 사람처럼 점점 흥분되기 시작한다. 그 길 끝에서 아이스 아메리카노에 대한 갈망을 향해 또 한 번의 문이 열리고, 나는 멈칫한다.

비가 내리네.

내가 있는 곳으로부터 200미터는 족히 되어 보이고, 빗줄기에 가려 희미하게 보이지도 않는 카페를 바라보며 나는 실소했다. 최근 며칠 동안 비를 맞으며 뛰어다니고 싶다고 여기저기 소문을 내놨는데 우산도 없고, 카페에 다녀오겠다는 허락을 맡고 나온 지금, 정작 내가 망설이는 것은 무엇일까. 빈손으로 병실에 다시 갈까, 장례식장에서 우산이라도 빌려볼까 하다가 나는 이내 엄마에게 전화를 건다.

엄마가 말렸다. 혼자는 절대 하지 말라고 했다. "비가 생각보다 조금 오네, 주룩주룩 말고 쏴~ 이렇게 올 때 뛰어다니고 싶은

데…." 라고 말했던 대사를 빌려 나는 절대 허락을 맡으려고 전화한 것은 아니었다고 변명하고 싶다.

금방 빗줄기가 굵어졌다며 서둘러 전화를 끊고 달려가려는데 담당의 선생님께 부재중 전화가 와 있었다. 모두 며칠 전부터 똑같은 반응이었다. 내 마음은 이해가 가지만 어제부터 미열이 있어서 혹여 감기라도 걸리면 안 된다는 이유에서였다.

어제 꽤 가깝고 편한 간호사 선생님이 당직이기에 미리 언질을 드렸었다. 병원에 문제가 되고 싶진 않았기 때문이다. 그런데 결국 간호사 선생님은 본인 업무에 맞게 당직의 선생님께 보고하였고, 그가 나의 37.4도의 미열에 따른 병원 정책 때문에 반대한 덕분에 결국 병실에 머무를 수밖에 없었다.

그리고 지금 이 순간, 어디에서 누군가 CCTV를 보고 있는 건지 귀신같이 전화를 한 담당의 선생님께 다시 전화를 한다. 분명 다시 전화를 걸었는데 받지 않으시는 의사 선생님의 부담을 덜어드리려 24초 만에 통화 연결을 종료하고 이미 비를 맞으며 개운함과 상쾌함을 느끼던 참에 다시 귓가의 음악이 멈추고 벨이 울린다.

비가 온다. 비는 수직으로 서서 죽는데, 나는 살아 있다.

그리고 하늘의 위로

─────────────

─────────────

─────────────

그렇게 주룩주룩 내리는 비를 맞으며 뛰기 시작했다. 비를 피하기 위해 비에 덜 젖기 위해 뛰는 것이 아니라, 비에 흠뻑 젖기 위해 뛰고 또 뛰었다.

처음 몇 걸음은 카페로 향했다가 카페에 거의 다다랐을 때쯤 카페 옆 공원으로 목적지를 수정했다. 내 마음대로 할 수 있다는 사실만으로 마냥 기분이 좋아져서 이 감정을 더 오래 누리고 싶어졌기 때문이다.

머리와 눈썹이 점점 비에 젖고, 빗물이 흘러 눈에 들어오자 따가워지기 시작했다. 심장도 뛰었다. 의사 선생님 얼굴이 떠올랐다.

'나 때문에 곤란해지시면 어떡하지….'

하지만 이 시원한 자유와 해방감을 쉽게 포기할 순 없었다.

처음 성큼성큼 큰 걸음으로 공원을 돌 때엔 의사 선생님께 들킬까 조심스러워 발걸음이 가벼운 듯 무거웠다. 두 바퀴째엔 누군가 나를 미친 사람 취급할까 걱정이 되기도 했다. 그러다가 점점 시원한 빗방울들이 내 온몸을 감싸고, 내 상한 마음의 상처를 덮어주는 기분이 들었다.

추행방조 사건 관련 며칠 전 당일 취소된 대질신문과 며칠 후 예정된 대질신문이 있었다. 내가 기대했던 것은 위로였다. 어떠한 사실관계를 파악하는 조사 절차가 중요하지는 않았다.

참 힘들었지. 많이 힘들겠다. 힘내.

하지만 나는 위로받을 수 없었다. 회피와 부정, 그리고 남은 것은 상처뿐. 그래도 이 정도 일이 벌어졌다면, 따뜻하게 손을 내밀어줄 수 있는 것 아닐까. 아무리 직이 중요한 공무원이라지만, 야속했다.

대질신문을 당일 취소한 참고인 팀장님에게 준비했던 편지가 있다. 꼼꼼하게 준비했던 조사에 임하지 못해서인지, 편지를 드리지 못해서인지, 위로를 받지 못해서인지, 나는 열이 올랐다.

그렇게 비를 맞으며 열을 식혔다. 울면서 뛰어도 누구 하나 쳐다보는 사람도 없고 말리는 사람도 없었다. 나에게는 아무 일도 일어나지 않았다. 오히려 울어도 괜찮다고 하늘이 위로해주는 느낌을 받았다.

　나는 그동안 내 안에 갇혀 살았던 것을 깨달았다. 나는 자유
롭게, 마음대로 살 수 있는 사람이고, 내 멋대로 살아도 누구도 뭐
라 하지 않는다는 걸 이제야 깨달았다.

　나는 살 수 있다.

고마운 분에게는 고마운 마음을

서울시장 비서실에서 일하는 동안 내가 받은 스트레스와 고통을 이해하시고 안쓰러워 해주시고 마음을 써주신 고마운 분이 한 분 계시다. 그분과의 대질신문을 앞두고, 마음이 너무 힘들었다. 그분은 나와 함께 비서실에서 일하는 동안 언제나 선한 마음으로 나를 도와주셨다. 그런데 그 팀장님이 방조 관련 조사 중 그 당시 나의 고충 상담에 대해 부인했고, 급기야 나와의 대질신문을 요청하셨다고 했다.

나는 그분을 만나서 이 사건에 대해, 경찰에서 사실 확인이 필요하다고 말한 부분에 대한 이야기를 나눌 자신이 없었다. 그분을 만나면 그냥 눈물이 터져서 아무 말도 못 할 것 같았다. 죄송했다. 나 혼자 감당했다면 됐을 일에, 모두가 힘들어진 이 상황이 너무나 안타까웠다. 우리는 모두 이 일로 상처받은 피해자라는 생각이 들었다.

게다가 나는 아직 병원에 입원해서 치료를 받고 있는 상황이었다. 그러나 대질신문을 거부할 수는 없었다. 의사 선생님도, 그리고 상담 선생님도 나의 상태를 심히 걱정하셨지만 내가 조사에 참여하지 않는다면 사실이 왜곡될 것만 같은 압박감이 들었다. 결국 대질신문을 하기로 결정했고, 그분이 내가 다른 부서로 이동할 때 선물로 주셨던 책을 읽고, 그 내용을 바탕으로 나의 진심이 전해지기를 바라는 마음을 담아 편지를 썼다.

팀장님, 안녕하세요. 많이 속상하시지요?

저도 지금 이 순간 우리에게 주어진 일들이 너무나 버겁고 괴로워요. 마음 아프게 해드려서 죄송해요.

이번 일은 시장님과 저 둘만의 문제가 아니에요. 우리 모두는 미숙했어요. 어떻게 해야 하는지 아무도 몰랐어요. 팀장님께서 홀로 무거운 책임을 느끼시는 것을 바라지 않아요.

우리가 함께 겪어낸 일이, 그 일의 아직 끝나지 않은 고통스러운 과정에 있는 우리가, 함께 겸허하게 그렇지만 결국엔 웃을 수 있게 책임을 지는 것을 바라요.

우리 지금 모두가 괴롭잖아요. 그래서 또 다른 사람들이 우리처럼 이렇게 가슴이 찢어질 것처럼 아프지 않기를 바라요. 이 일이 아픔으로 끝나지 않고 우리 모두가 인간다움을 회복할 수 있는 기회가 되기를 소망합니다.

저는 확실히 기억하고 있어요. 팀장님께서는 저를 도와주시려고 하셨어요. 내색은 못 하셨지만, 지속해서 남성 비서 이야기를 지지해주셨고, 실제로 추진하려고도 하셨잖아요. 또 2월에 저를 인사과에서 다시 비서로 추천했을 때에도 반대하셨다고 들었어요. 어려운 상황에 저의 전보를 실현시켜주신 유일한 분이기도 하시고요.

팀장님은 아무 잘못 없으세요. 그저 팀장님께서 할 수 있는 한 최선을 다하셨다고 생각해요.

우리는 걷는 존재, 걸으면서 방황하는 존재이잖아요.

어떤 상황에서도 한 발 더 내딛는 것을 포기하지 않는 사람, 그런 사람이시리라 믿어요. 아무리 힘들어도 끝내 나를 일으켜 계속 한 발짝씩 나아갈 수 있도록, 그런 마음을 주셔서 감사해요.

그러나 결국 팀장님은 대질신문이 예정된 당일 아침 대질신문을 거부했고, 수사관님을 통해 전달한 내 편지마저 받기를 거절했다고 전해 들었다.

약봉지

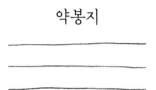

집을 떠나온 지 두 달, 병원을 떠나온 지 한 달이 지났다. 집에서는 가족들이, 병원에서는 의사 선생님과 간호사 선생님들이 최선을 다해 보호해주셨지만 집과 병원이 궁극적인 안식처는 아니었다. 사건에 대한 생각에서 멀어질 수 없었다. 계속 안 좋은 생각을 했고, 괴로웠다. 그리고 누군가 집에 찾아와 우리를 위협할지도 모른다는 두려움에 시달렸다.

엄마와 나는 결국 제주도에 요양차 내려가기로 했다. 우리가 정한 곳은 제주에서도 남쪽 서귀포 방면이었고 8월 15일 퇴원하자마자 8월 17일 자 비행기표를 끊고 이곳에 왔다. 집을 떠나온 두 달의 시간 동안 울고, 좌절하고, 절규하고, 포기하고 싶은 순간도 많았지만 결국 지금 여기에 나는 살아 숨 쉬고 있다. 남쪽 바다로 둘러싸인 섬에서 말이다.

얼마 전 이 동네 맛집을 찾아갔었다. 지난번에 갔을 때 입맛

이 없어서 남겼던 돈가스가 아른거리던 오늘, 엄마와 다시 그 식당을 찾았다. '처음 먹었을 때보다 훨씬 맛있다.'는 생각을 하며 만족스러운 식사를 마치고 나서는 기분이 퍽 상했다. 약봉지를 꺼내, 손으로는 잘 뜯어지지도 않는 비닐 포장을 이빨로 얼른 찢어내고도 선명하게 보이는 정신건강의학과, 이름 석 자, 복용약 목록을 누가 볼까 싶어 얼른 가방에 쑤셔 넣는다.

'얼마나 더 오래 이런 삶을 살아야 할까.'

약에게 고마운 순간도 있다. 테이블에 엄지손가락만 한 벌레가 기어가는 것을 보며 환갑이 다 된 엄마가 화들짝 놀라는 순간, 나는 이제 더 이상 함께 호들갑 떨지 않는다. 그토록 조그만 크기로 이 험한 세상을 살아내는 존재에게 위협감을 느끼며 해를 가할 수는 없다. 처음에는 휴지로 살며시 갈 길을 다른 방향으로 놓아주고, 식사를 계속하는 중에 다시 나타난 벌레에 또 한 번 크게 놀라는 엄마에게 "그렇게 놀라는 엄마의 감정이 부럽다."고 말하며, 벌레 위로 컵을 뒤집어 덮어 잠시나마 엄마의 불안과 벌레라는 존재를 분리시킨다.
　나는 벌레가 두려워 잠시 컵을 덮어놓았다. 이 컵을 들면, 그 벌레는 여전히 살아 있을까? 심장마비나 산소 부족으로 죽어버렸을까? 아니면 마법처럼 사라져버렸을까? 죽든 살았든 여전히 나는 위협감을 느낄까? 아직 잘 모르겠다.

　세상을 향한 불안과 나를 잠시 분리시켜주는 이 약으로 인해 나의 존재가, 나의 상태가 드러나는 것이 두렵다. 그래서 나는 오늘도 약봉지를 꼬깃꼬깃 접어 챙긴다.

동료, 선배님들께

———————————

———————————

———————————

용기를 내어, 나를 위해 애써준 동료와 선배님들께 내 마음을 전해야겠다는 마음을 먹었다. 엄청난 사건의 피해자가 자신을 보호해주고 위로해준 이들에게 보답하는 가장 좋은 방법은, 희망을 잃지 않았음을, 회복되는 중임을, 건강이 나아지고 있음을 보여주는 것이라는 각성이 일었다. 그래서 고맙고 살가운 마음을 담아 편지를 썼다.

잘 지내시지요,

이 한마디 건네기 어려운 이 상황이 야속하여 이렇게나마 마음을 전합니다.

갑작스럽고 충격적인 사건을 감당하는 것만으로 마음의 상처가 크실 텐데, 여러 조사로 괴롭고 힘겨운 시간을 보내고 계시다고 들었습니다.

어쩌면 저의 아픔과 상처보다 더 클지도 모르는 부담을 드려 송구스럽습니다.

그리고 진심으로 감사드립니다.

여전히 강력하게 살아서 존재하는 위력의 가운데에서

어렵고 어려운 결정을 해주셨다고 들었습니다.

모두 전도유망한 공직자이심에도

현실과 타협하지 않고 진실의 편에 서주신 정의로운 용기에

후배로서, 여성으로서, 사회인으로서, 인간으로서

참된 존경의 마음을 보냅니다.

어떤 순간에도 스스로 자책하지 않으셨으면 좋겠습니다.

우리 모두는 힘이 없었고, 할 수 있는 것이 없었어요.

우리 모두는 책임 있는 사람들의 진실 규명과 진심 어린 반성,

그를 통해 치유 받아야 하는 연약한 존재들입니다.

약하고 낮은 자들의 용기.

동료, 선배님들의 그 용기로 이 세상은 인간다움을 회복할 수 있을 것입니다.

2020년 8월 25일

소정방폭포

―――――――――

―――――――――

―――――――――

제주도에서 지내던 집에서 15분 정도 걸어가면 정방폭포 근처 (이중섭) 작가의 산책길과 올레길 6코스가 만나는 곳에 소정방폭포가 있다.

어느 날 근처 카페에서 차를 마시던 중 소정방폭포에 가보자던 엄마가 갑자기 사라졌다. 나는 걱정되는 마음에 엄마를 찾아서 소정방폭포로 향했다. 해안과 맞닿은 산길을 굽이굽이 지나 계단을 내려갔다가 다시 올라갔다가 물길을 따라 다시 계단을 돌아 내려가면 폭포수가 시원하게 쏟아지는 비밀의 장소가 나온다. 엄마는 없었다. 오직 찬란한 태양 빛이 바다 위에 펼쳐져 있었고, 시원한 폭포 아래에는 쌍무지개가 피어 있었다.

나는 무엇에 홀린 듯 참을 수 없는 감정으로 폭포수 아래 무지개가 드리운 곳에 발을 담갔다. 물에 젖고 싶었다. 정확히 말하면 이 찬란하도록 아름다운 광경 속에서 고귀하게 생을 마감하고 싶었다. 내가 죽을 수 있는 장소를 선택할 수 있다면 바로 이곳이라고 생각했다. 눈부신 햇빛과 하늘이 무너지듯 내리꽂는 폭포 소리, 진청색 바다와 대비되는 하얗고 시원한 거품 위로 아름다운 모습의 무지개. 가슴이 벅차올랐다.

엄마에게 전화가 왔다. 화장실에 갔다 왔는데 어디 갔냐는 것이었다. 엄마를 찾아서 소정방폭포에 왔는데 너무 아름다운 곳이라며 여기서 죽고 싶다고 흥분되어 하는 나의 말을 듣고 엄마는 부랴부랴 내려왔다. 엄마는 여기서 죽으면 절대로 안 된다고 했다. 이 아름다움을 죽음으로 오염시키면 안 된다고 나를 타일렀다. 그 대신 죽고 싶다고 신나서 말하며 첨벙대는 딸의 철없는 몸짓을 카메라에 담아주었다.

2020년 8월 30일의 소정방폭포, 잊을 수 없는 인생 최고의 장면이다.

환경을 바꾸다

서울을 떠나온 지 거의 한 달이 지나갔다. 나름대로 합리적인 비용에 알아본 제주도 숙소였지만 점점 길어지는 기간에 비용이 부담되지 않을 수 없었다. 엄마와 나는 새 숙소를 정하기로 했다. 뒤척이는 내 옆에서 밤새 인터넷 사이트를 뒤지던 엄마는 새벽 여섯 시쯤 갑자기 "여기가 좋다!"고 외치며 "너, 서울 가도 나 여기서 살래."라고 말했다.

그 새벽에 엄마 입에서 나온 "살겠다."는 말이 참 반가웠다. 지난 금요일에 〈한겨레〉에 4월 사건(비서실 성폭행 사건)과 7월 사건(박원순 시장 사망으로 인해 밝혀진 사건)의 피해자가 동일인이라는 김재련 변호사님 인터뷰가 보도되었다. 숨기고 싶었던, 숨겨왔던 모든 것을 탈탈 털어놓은 기분이었다. 물론 모든 것은 회의로 결정했고, 가장 중요한 문제라고 생각했기 때문에 결정하는 데에 오랜 시간이 걸렸던 것이 사실이다.

김재련 변호사님은 인터뷰에서 이렇게 분명하게 언급하셨다. 더할 것도 뺄 것도 없는 멘트였다.

　"4월 발생한 성폭력 사건 처리에 대한 서울시의 무능과 그동안 문제의식을 느껴온 서울시청 내의 성차별적 문화, 4년간 겪어온 시장의 성적 괴롭힘과 맞물리면서 상승작용을 일으켰고 결국 박 시장을 고소한 것이다."

　이제 더 이상 내가 할 수 있는 일이 없다는 생각이 들 정도로 나의 모든 것을 갈아 넣은 것 같은 기분이 들었다. 예상대로 악성 댓글들로 도배가 되었고, 변호사님을 향한 2차 가해는 점점 악화되었다.

　이제 더 이상 돌아갈 곳이 없을 것 같다는 암담함에 좌절하고 힘들어하는 나를 위해 엄마가 먼저 제안을 한 것이라는 것을, 굳이 말하지 않아도 안다. 그날은 하필 일요일이었고, 새벽 여섯 시에 문의 전화를 해볼 수도 없는 노릇이었다. 그래서 우리는 그 길로 아무에게도 연락을 해보지도 않고 인터넷 사이트에 나온 매물만 보고 무작정 그 집으로 향했다.

　미숙한 운전 실력으로 거북이 기어가듯 도착한 건물 주차장에 끼끼대며 앞으로 갔다가 뒤로 갔다가를 몇 번씩 하면서 가까스로 주차를 하고, 드디어 내렸다. 부동산은 물론 상가 전체에 불이 꺼져 있었다. 혹시 주말에도 일을 하시는 성실한 사장님이실까 하는 마음으로 부동산 간판을 보고 전화를 걸었다. 시세 설명은 해주셨지만 공실은 주말이라 월요일에나 확인이 될 것 같다고 하셨다.

우린 참 집요하게도 건물 난간에 붙어 있는 임대 현수막을 보고 전화를 걸었다. 전화 너머 연결된 남자분은 집주인이라고 친절하게 설명을 하시며 부동산을 끼지 말자고 하셨다. 워낙 사람을 못 믿고 경계심을 가질 수밖에 없게 된 우리는 살짝 걱정하는 마음이 들기도 했지만, 보증금이 고작 한 달 치 숙박비 정도라며 이내 마음을 내려놓았다.

4.5평. 엄마와 나, 두 몸을 누울 자리면 충분하다. 지금 우리에게 4.5평은 심신의 안전을 지키기에 충분한 넓이였다. 더 넓지도 좁지도 않은 넓이가 오히려 마음에 들었다. 그렇게 우리는 대책 없이 당장 돌아오는 수요일 입주가 예정된 임대계약서를 전화와 메일로 주고받았다.

여성운동이 10년 후퇴한다 해도

코로나 때문에 대책위 선생님들과 회의를 할 때는 줌(영상회의)을 이용해야 했다. 우리는 적어도 1주일에 한두 번은 꼭 만났다. 중요한 일이 있으면 매일 만나기도 했다. 주중, 주말 가리지 않고 만나 매일 머리를 맞대고 고민하고 위로했다. 나는 그들을 언젠가부터 '어벤저스'(대책위분들은 나를 어벤저스의 에이스라고 표현하신다.)라고 부른다. 정의를 위한 슈퍼 여전사들. 내 인생에 그분들이 없었다면, 나는 벌써 몇 번이나 삶을 내려놓았을지도 모른다.

우리는 그날도 줌에서 만났고, 나는 엉엉 울었다. 죽고 싶다고 말했다. 시장실에서 함께 일했던 전 인사기획비서관이 한 유튜브 채널에, 나와 관련된 인터뷰를 하고 말미에는 나를 자극적으로 음해하며 시청자들을 선동했다. 나의 고소에 다른 숨겨진 의도가 있고, 내가 주장하는 바가 사실과 다르다는 내용이었다. 흥분해서 심장이 쿵쾅댔다.

　엎친 데 덮친 격으로 MBC는 신입 기자 선발 논술시험에서 '피해호소인'이라는 표현이 적절한가에 대해 물었다. 세상이 제대로 돌아가고 있다고 확신할 수 없었다. 이런 세상에 내가 숨을 쉬고 있다는 사실이 끔찍했다. 상식대로 돌아가지 않는 세상, 그 세상에 몸을 담고 있고 싶지 않았다. 그냥 내가 삶을 포기하는 것이 쉽고 편할 것 같았다.

　나는 울면서 말했다.

　"제가 죽으면, 저의 피해를 인정해주지 않을까요. 그러면 저의 진정성을 의심하지 않고 여성운동이 한 걸음 더 나아갈 수 있지 않을까요?"

　한국성폭력상담소 이미경 소장님께서 힘주어 말씀하셨다.

　"잔디, 잔디가 다른 무엇보다 제일 소중해요. 여성운동이 10년 후퇴한다고 해도 잔디가 제일 중요해요. 마음 강하게 먹어요."

　눈물과 콧물이 수돗물처럼 흘렀다. 모두가 내가 죽기를 바란다고 생각했다. 내가 죽으면 오히려 여성운동에 큰 전환점이 되어 더 나은 사회를 만들 수 있지 않을까 하는 생각이 들었다. 잘못된 생각을 안아주시며 내게 말씀하실 때, 그 마음이 얼마나 찢어지셨을지 상상할 수도 없다. 너무 죄송하다.

　나는 감사하게도 이 말을 자주 되뇐다. 여성운동 10년과도 바꿀 수 없는 나의 존엄성. 더 정확하게 말하자면 여성운동 10년을 다 바쳐서라도 구하고 싶은 나의 존엄성. 세상의 수많은 피해자분들도 내가 그랬던 것처럼 동일한 위로를 느꼈으면 한다. 우리는 반드시 더 잘 살아야 한다. 우리는 그 무엇보다 소중한 존재이다.

거처를 옮기다

─────────────

─────────────

─────────────

특별하게 기억될 만한 날에는 모두 비가 온다. 고소 다음 날이 그랬고, 기자회견 날이 그랬고, 퇴원하던 날이 그랬고, 집을 떠나오던 날이 그랬고, 새로운 거처로 이사하던 날이 그랬다.

어렸을 적에 나는 비를 무척 좋아했다. 노란색 우비를 입고 장화를 신고 흙탕물에서 첨벙첨벙 뛰어다니는 것을 좋아했다. 그리고 비가 오는 날엔 몸을 축 늘어뜨린 채 몽롱한 정신과 육체의 연결이 끊기며 스르륵 잠드는 순간이 특히 좋았다.

학창시절을 겪으면서 비 오는 날 습관적으로 축 처지는 몸뚱아리의 고집을 이겨내며 두 눈 부릅뜨고 수업을 들어야 하는 것이 힘들었고, 무거운 책가방을 메고 우산까지 들어야 하는 날이 점점 싫어지기 시작했다.

그러다가 취직을 하고 여행을 다니면서 다시 생각이 바뀌었다. 여행을 하다 보면 예상치 못하게 비가 오는 날이 종종 있는데,

그럴 때마다 기분이 상하거나 아쉬워하면 내 손해라는 것을 느꼈기 때문이다. 우중충하거나 비가 오는 날을 탓하며 기분 나쁘게 하루를 받아들이기보다는, 한 도시의 비 오는 모습마저 경험할 수 있는 기회와 예쁜 우산을 들고 설정 사진을 찍을 수 있는 것에 감사하기로 마음먹으면서 나의 여행은 더욱 풍요로워졌다. 어느 때에는 예쁜 우산을 사고 여행 짐을 챙기면서부터 여행지에서 비를 맞기를 기대한 듯도 하다.

오늘도 우리는 별것도 아닌 일 때문에 싸웠다. 비가 많이 오니까 로비 쪽에서 짐을 싣자는 나의 주장과 짐이 많으니 주차장 쪽에서 바로 싣는 것이 좋겠다는 엄마 주장의 충돌이었다.

'소심한' 우리가 '대범하고 과감한 일'을 저질러 놓고 알 수 없는 흥분을 느끼던 중 서로에게 화살을 겨눌 이유는 꽤 많다. 우리에게는 서로를 제외하면 당장 활시위를 겨눌 대상이 존재하지 않는다. 너무 잔인한 일이다. 피해자의 가족끼리 사이좋게 서로를 향해 분노를 주고받을 수밖에 없는 현실, 숨이 막힌다.

가까스로 하루하루를 살아내는 우리에게 세상은 너무나 잔인하다. MBC에서는 신입 기자 채용 논술 시험 문제로 '피해호소인' 호칭 문제를 출제하였고, 전 인사기획비서관의 악의적인 유튜브가 걷잡을 수 없이 확산, 공유되고 있었다. 그는 김 변호사님의 KBS 라디오 인터뷰 내용을 전체 맥락, 구체적 사실이 아닌 단면단면만을 끊어, 그들에 유리한 방식으로 헤집는 내용의 글을 게

시했고 결국 지지자들을 중심으로 심각한 마녀사냥이 시작되었다. 그 중심에는 내가 신뢰하고 헌신했던 조직의 사람들이 있다. 아무렇지도 않게 받아들이기에 너무나 끔찍한 일이다.

"네 삶이 끝없는 싸움의 소용돌이에 빠지지 않기를 바란다. 보수 진보 할 것 없이 유불리를 따라 너를 이용할 뿐이다."

기자회견 직전 전 비서실장님으로부터 받았던, 기자회견을 미뤄달라는 내용의 메시지가 떠올랐다. 어쩌면 그분은 이미 계획하고, 나를 협박한 것이 분명하다. 여기서 멈추지 않으면, 나의 인생을 끝없는 소용돌이로 휘말리게 할 사람들은 다른 누구도 아닌 바로 자신들이라는 것을 그 악마 같은 사람들은 이미 잘 알고 있었던 것이다.

그때 내가 그분에게 보냈던 메시지는 아래와 같다.

실장님, 저는 정치도 모르고 진영도 몰라요.
최근에 있었던 일을 아시겠지만, 그 일로 제 트라우마가 폭발했던 것은 맞아요. 실장님께서 어디까지 알고 계시는지 모르겠어요.
제가 시장실에서 이 악물고 참으며 웃으며 지냈던 시간들을 누군가 손가락질하는 것이나 저를 살인자 취급하는 사람들 때문에 충동적으로 그러는 것이 아니에요.

저는 여전히 시장님의 작고가 저의 결정과 무관하길 바라고, 혹여 관계가 있더라도 무책임하게 돌아가실 분이 아니라고 생각하는 마음에서 용기를 내었어요.

저희 가족은 시장님의 유서 중 "모두"에 저와 제 가족이 포함된다고 믿으려고 해요. 그렇다면 과연 시장님께서 이 일을 묻어두려고 하셨을까요? 저희 아버지께서는 유서에 제 이름을 남기지 않은 것조차, 저를 위한 마음이었다고 생각하시는 선한 분이세요. 그런 가족들이 저 때문에 힘들어하잖아요. 유명하고 대단하신 시장님과 그분의 가족들, 지인들만 명예가 있는 것이 아니에요. 보잘것없는 저희 가족도 지키고 싶은 자존심이라는 것이 있어요.

저는 어떠한 계획으로 증거를 모은 것도 아니었어요. 참아내다 힘들 때 겨우 주변에 작은 목소리 한 번씩 냈던 거였어요.

저는 시장님께서 혹여 저의 고소 사실로 그러한 선택을 하셨다고 하더라도 지금 저의 선택을 지지하리라 믿어요. 어쩌면 시장님께서 어디엔가 살아 계시고 북녘으로 넘어가셨을지도 모른다는 상상을 해보기도 해요.

이 일은 시장님과 저 둘만의 문제가 아니었어요. 우리 모두는 미숙했어요. 그걸 바꿔야 한다고 생각해요. 그래야 우리 모두처럼 또 다른 사람들이 상처받지 않을 수 있다고 생각해요.

저는 절대로 지금도 그때에도 시장님을 해하려고 그런 것이 아니었어요. 악의가 없었어요. 저는 저를 지키려고 한 거였고, 평범하게 살고 싶었어요.

시장님을 추모하며 두 가지 문구가 떠오르더라고요. 정의가 강물처럼,

함께 꾸는 꿈은 현실이 됩니다. 살아 있는 사람들이 시장님을 애도하는

방식은 다양할 수 있다고 생각합니다.

실장님 죄송해요. 기자회견 이후에도 저를 만나고 싶어 해주시면 좋겠

습니다.

2020년 9월 16일

2부

3부

서울특별시장실 이야기

시장실에서 4년 동안 일을 하면서 수없이 많은 일을 겪었고, 많은 생각을 했다. 때로는 참 해도 해도 너무한다는 생각이 들기까지 했다. 생각할수록 납득이 가지 않는 업무와 환경이 주어졌지만, 그것을 심각하게 생각할 때면 나만 괴로웠다. 사람은 생각하는 존재인데, 생각을 멈추고 주어진 일을 기계적으로 처리해야 마음이라도 편한 상황이라는 생각에 힘들었다. 사람들이 인권을 기치로 내걸고 시민운동과 정치를 했던 박원순 시장과 그의 철학에 환상을 가지듯, 나 또한 노동자로서 내가 속한 조직에 환상을 가졌고, 그 환상은 멀리서 보면 근사하게 보이지만 가까워질수록 보이지 않고, 손에 잡히지 않는 무지개 같은 것이었다.

"저는 박원순의 딸이 아닙니다."

처음 인수인계를 받으면서 의아했던 부분이었다. 종로구 연건

동 서울대학교병원에 통풍약을 받으러 두세 달에 한 번 다녀와야 한다는 내용이었다. 전임자는 나에게 시청부터 서울대병원까지, 그리고 서울대병원 내부에서 처방전을 받아서 약을 타기까지의 동선을 그림이 그려지는 것처럼 세세하게 알려주었다.

전임자와 내 업무 과정 중 한 가지 다른 점이 있다면, 나는 출장결재를 받고 갔다는 것이다. 나는 근무지를 이탈하는 업무를 지시받았으니, 나중에 사고가 날 일을 대비해서 공문으로 남기고 가는 게 맞다는 생각을 했다. 그래서 그 내역이 모두 공문서로 남아있고, 출장을 올릴 당시 선임에게 출장지를 어떻게 쓸지에 대한 의견을 구하여 혜화동 인근, 물품구매로 출장결재를 올렸다. 결재를 올리기 전에 구두로 먼저 비서실장님(이후 행정보좌관)께 "시장님 약 처방 받으러 다녀오겠다"고 말씀을 드렸고, 결재가 완료된 이후 시청에서 출발했다.

시장실에서 일하기 전에는 서울대병원에 가볼 일이 없었는데 시장실에서만 대리처방 때문에 다섯 차례를 방문했다. 나 또한 후임에게 그 과정을 세세하게 묘사할 정도로 많이 다녀왔다. 그래서 몸이 기억한다. 첫 방문 때에는 너무 서두른 나머지 시장님 신분증 사본 챙기는 것을 잊고 선임에게 주민등록번호를 물어봤다. 그렇게 업무 택시를 타고 서울대병원 정문에 도착하여 정면 왼쪽으로 쭉 들어가면 내과가 나온다. 병원이 꽤 크니까 '내과가 어딨지?'라는 생각이 들 즈음에야 내과가 나온다. 내과 무인접수기를 통해 주민등록번호를 입력하고 접수를 한 후 대기 번호를 받고 기다리다가, 순번이 되면 창구에서 결제 후 처방전을 받는다. 이러한 과정 전반에서 본인 확인 등의 절차는 이루어지지 않았고, 보통 병원비가 백 원 단위로 나오기 때문에 내 카드로 우선 결제하고 추후에 비서관님을 통해 입금을 받았다.

처방전을 받고, 언덕을 내려와서 약국에 가서 처방전을 접수한다. 약국을 특정하진 않았으나 주로 그곳에서도 본인 확인 등의 절차는 이루어지지 않았다. 한번은 약사 선생님께서 워낙 특이한 이름을 보고 "시장님 딸이세요?"라고 물었고, 주변 사람들이 모두 쳐다봐서 심장이 쿵쾅거렸던 일이 있다. 당시에 나는 이 일이 불법행위인 줄 몰랐다.

"시장실에서 밥상 차리는 것이 제일 싫었다."

한 번은 선임이 내게 물어봤던 적이 있다. 시장실 업무 중에 무엇이 가장 힘드냐고. 나는 과일 깎는 것이 너무 어렵고 자괴감을 느낀다고 말했다. 칼에 손을 찔리거나 베이는 일이 잦았다. 나는 과일을 깎는 것도 익숙지 않고 무엇보다 그러려고 열심히 공부해서 공무원 된 것이 아니다. 나는 손에 과즙이 묻는 것이 싫어서 어머니께서 깎아주시는 것이 아니면 과일을 먹지 않았고, 부모님을 위해 과일을 깎아본 일이 한 번도 없는 불효녀다. 망고나 멜론, 오렌지, 키위는 어떻게 손질해야 하는지도 몰랐다. 처음엔 오렌지를 귤처럼 벗겼다가 비서실장님께 혼났던 적도 있다. "당신이 손으로 주물럭거린 오렌지를 먹으라는 거냐."고.

지금은 누구보다 과일 손질을 잘하는 나 스스로가 참 안타깝다. 여전히 끈적임이 싫어서 위생장갑을 끼고 하지만 말이다. 상사를 위해서 매일 아침, 점심으로 과일을 깎으며 계속 되뇌었다. '돈 벌기 참 쉽지 않다.', '부모님께 진작 과일 좀 깎아드릴걸.' 부모님께 너무 죄송해서 집에서 주방 일을 도와드리려고 하면 엄마는 언제나 "일하는 것도 힘들 텐데 집에서라도 쉬어."라고 말씀해주셨고, 평생 고생하셨을 엄마에게 죄송한 마음도 들었지만, '그런 일'을 하고 싶지 않았던 내 마음을 알아주시는 것 같아서 그때마다 눈물이 핑 돌았다.

21일 연속 시장실에서 도시락을 차린 적도 있다. 내가 너무 힘들어서 세어봤다. 도대체 며칠 동안 이 사람들을 위해서 밥을 차려야 하는가. 일정 팀에서는 구글 시트에 딱 한 줄 넣는다.

"12:00~13:00(시간)/오찬(일정)/도시락(내용)/시장실(장소)"

그 한 줄을 보고 나는 식당에 미리 주문하고, 결제하고, 픽업하고, 차리고, 치우기까지 했다. 어느 날엔 메뉴가 겹치면 이게 뭐냐고 혼나기도 했다. 밥을 왜 식당에서 안 먹고 시장실에서 먹냐고? 비서 2명 빼고는 그것이 모두 편하니까. 일정 팀은 일정 멤버

구성하여 장소 섭외할 필요도 없고, 수행비서관은 동선 파악하고, 움직일 필요도 없으니까. 명분은 시장님의 시간과 체력을 아낀다는 이유에서였다. 그렇지만 비서 두 명에게 주어진 '밥 차리기'는 '노동자'를 위한다는 그들의 신념에 비추어볼수록 더욱더 가혹했다. 10명이 넘는 사람들의 밥을 차리기도 했고, 몇 끼 연속 도시락을 차리기도 했다. 주말에 네 끼를 차렸던 일도 있다.

가장 황당한 것 중에 하나는 시장님이 일회용품 사용하는 것을 싫어하셔서 눈 가리고 아웅하는 식으로 일회용기에 담겨진 음식들을 일반 식기에 옮겨 담아 차리는 일이다. 가끔은 시장의 '심기보좌'를 위해 말동무가 되어 밥을 같이 먹어야 하기도 했고, 그렇지 않으면 도시락 개수가 부족해서 밥을 못 먹거나 컵라면으로 때우기도 했다. 또 도시락을 차리지 않더라도 중간에 간식으로 5첩 과일상과 떡 등을 드시는 분들의 일정이 저녁 8~9시에 끝나기도 했고, 비서들은 그 시각까지 저녁밥을 못 먹는 것이 당연했다.

시장이라는 높은 사람의 밥을 차리는 일이 명예로운 일이라는 생각은 '어떤 인간이든 동등하다.'는 전제와 대치되는 전근대적 사고방식이라고 생각한다. 내가 고등교육을 받고, 높은 경쟁률의 시험을 치러 얻게 된 자리라서가 아니다. 시장실의 직급과 성별을 불문하여 모두가 함께하는 일이었다면, 나의 자괴감은 이렇게 크지는 않았을 것이다. 같은 이유에서 나는 내 업무 중 상당 부분을 차지하는 이 일들에 대해 가족과 친구들에게 고충을 토로할 수 없었다. 그 말을 꺼내는 것 자체가 자존심이 상하고 내가 작아지는 느낌이었다.

"소박함 뒤편에 숨겨진 노동착취적 선거운동."

내가 근무하던 4년간, 왜 거의 모든 일정은 월화수목금토일 시장실에서 이루어질까 한탄한 적이 많다. 소박한 삶의 증표라고 보일 수도 있겠지만, 공무원으로서는 이해가 되지 않는 일임이 분명했다. 4년간 큰 선거가 두 번 있었다. 2017년 대선과 2018년 지방선거. 나는 가족이나 캠프 직원이 아니다. 그런데 왜 선거 캠프 회의를, 주요 차담을, 각 지역위원회나 지지그룹 방문일정을 근무시간 외(꼭두새벽, 늦은 밤, 주말) 시장실에서 진행하고 나는 그 일을 지원해야 했을까. 일정과 인원의 경중에 맞는 장소를 섭외할 필요도 없고, 장소를 세팅하고 서빙해 줄 믿을 만한 붙박이 인력이 언제나 대기 중이며, 사설업체와 세세하게 미리 소통할 필요도 없고, 만에 하나 겪을 수 있는 문제들을 사전에 방지할 수 있기 때문이다.

그런데 차라리 그렇게 단체로 몰려오는 일정이 나을 때가 있다. 정무 쪽에서 누구라도 도울 사람이 나오기 때문이다. 오히려 소규모 일정들은 담당 비서관들이 출근을 안 하고 온전히 나에게 맡기는 일이 많았고, 나는 말단 비서로서 그러한 일들이 버거웠기 때문에 "차는 호텔이나 카페에 가서 드시는 게 좋겠다.", "청사에 불도 안 들어오고, 냉난방도 되지 않는 주말에 누추한 시장실에서 귀빈을 맞는 것이 부담스럽다."고 돌려서 말했는데 고쳐지지 않았다.

대선을 앞두고 지방 일정이 많던 시기, 수행비서관은 문제를 제기했다. 선거 관련 일정을 본인과 운전직 주무관이 공무원 신분으로서 수행하는 것이 위법하다는 이야기였고, 받아들여졌다. 그런데, 시장실 내부 일정은 계속하여 예외 없이 행정직 비서들의 노동으로 이루어졌다. 보통 시장 일정이 20분~1시간 단위로 하루에 20개 이상이었다. 그 촘촘하고 바쁜 일정 속에 시장실에 방문하여 박원순 시장과 인증사진을 찍은 사람이 많다는 점이 이상하지 않은가. 그들은 대부분 주말에 찾아왔으며 나는 그들을 맞이하기 위하여 주말에 출근하여 차를 준비했어야 했다. 최소한의 휴일도 보장되지 않은 날이 많았다. 가끔 지역위원회 방문 중에는 50명씩 10팀이 오가는 날도 있었다. 그런 일정에 공무원의 공무집행이 이용되었다면 시기와 무관하게 명백한 선거법 위반이라고 생각한다.

또 나는 시청 공무원으로서 금전적으로 지급받을 수 있는 초과근무 상한선(1일 4시간, 1개월 57시간)을 늘 초과하여 근무했다. 그 또한 수행비서관은 현업직원 예외를 적용받아 1일 8시간, 1개월 80시간까지 적용되었던 것으로 알고 있다. 나는 예외 규정 적용 없이 그야말로 무료봉사를 하면서 근무했던 적이 많았기 때문에 공무원이셨던 아버지께서 급기야 봉사시간이라도 인정해달라는 말을 하라고 하셨다. 이토록 비합리적인 규정을 스스로 검토하여 휴일에 하루 8시간 이상 근무할 시 대체휴무라도 보장해달라고 요구했고, 그 또한 상급자의 눈치와 시장실 상황을 보며 굉장히 제한적으로 사용할 수밖에 없었다.

"시장 가족의 명절 음식까지 챙겼어요."

내가 처음 이 일을 지시받았던 것은 2017년 1월 설이었다. 한 비서관께서 갑자기 명절 음식을 주문할 것을 요청하였고, 시청 부속 매점에서 구할 수 있는 햇반, 컵라면, 다과 등은 장부를 통해 주문했다. 그리고 현금을 주며 명동 ○○백화점 지하에서 불고기, 김치, 나물, 국 등의 가족 식사를 위한 식료품을 구매할 것을 요청했다.

나는 조금 당황했다. 백화점에서 식료품 쇼핑을 한 적도 없고, 너무 시간이 다급했기 때문에 배달을 시킬 만한 시간도 아니었다. 그 추운 겨울 시린 손으로 몸으로는 땀을 흘리며 바리바리 장본 것을 들고 시청 정문을 들어오던 순간, 평소 알고 지내던 방호주임님께서 나를 애처로이 여기며 따뜻한 말 한마디 건네주셨던 기억이 난다. 그런 일이 너무 싫었지만, 명절에 바리바리 싸 보내지 않아서 혹여 문제가 생기면 그것 때문에 출근을 해야 하거나 연락을 받게 될 상황이 더 싫었다. 그래서 더 꼼꼼하고 빠짐없이 과하도록 챙겼다. 이런 일은 설, 추석 명절과 휴가 시기에도 주어졌다.

이 일들은 금액을 떠나서 분명 문제가 있다는 생각이 들었다. 시청 예산과 노동력은 시장 개인의 가정을 돌보기 위해 존재하는 것이 아니었음에도 적어도 내가 일한 4년간 너무도 당연하게 자행되었다. 이것은 나의 자괴감과 부모님에 대한 죄송함과 별개로 시민을 기만하는 행위였음이 분명하다.

잔인한 생일선물

시간은 흘러 사건이 일어났던 계절 여름이 가고 가을이 되었고, 나는 생일을 맞았다. 아침부터 적지 않은 친구들에게 생일 축하한다는 연락을 받았다. 멋쩍었다. 이런 상황에 생일 축하라니.

4.5평 원룸을 벗어나 집과 30분 정도 떨어진 숙소에서 며칠 지내다 오기로 했다. 매일 바닥에 매트 깔고 옹색하게 자다가 침대 두 개가 있는 널찍한 숙소에 오니 살짝 기분전환이 되는 듯도 했다.

그런데 왜 꼭 이런 좋은 날, 일이 터지는 걸까. 내가 잘 살아보려고 아등바등 노력하면 할수록 어느 순간 갑자기 지옥 같은 현실을 마주하게 하는지. 하늘이 원망스러웠다.

시청에 있는 직원에게 연락이 왔다. 공무원연금공단에 공무상 재해를 신청했던 서류가 직원들이 열람할 수 있는 공개상태로 되어 내부 행정망에서 볼 수 있다는 것이었다. 그래서 나의 이름,

전화번호, 주소, 진단명과 같은 민감 정보들이 직원들 누구나 볼 수 있는 상태라고 했다.

생일선물 한 번 참 잔인하네. 심장이 아팠다. 화가 났다. 피해 자 보호가 최우선이라고 하는 시청에서는 도대체 무엇을 하고 있 는 건지 한심했다. 몇몇 사람들은 검색을 해보고, 그 이야기를 아 는 직원들과 공유한 것이라면, 나의 이름과 상황에 대해 속속들 이 알고 있는 그곳으로 내가 돌아가 정상적인 생활을 할 수 있을 지 막막했다.

대학교 때 만난 가장 친한 친구에게 생일축하 연락이 왔기에 신세 한탄을 했다. 이 상황을 어떻게 해야 하는 것인지 물었다. 정 보 검색에 밝은 친구는 몇몇 포털에서 나의 이름을 검색해보더니 링크와 캡처 이미지 몇 개를 보내주었다.

짐승들. 고인의 팬클럽이라는 모임 주소와 그 지지자의 개인 블로그였다. 팬클럽에는 메인화면에 내 이름과 소속기관을 주홍 글씨처럼 박아두고 폭력적인 비난과 조롱을 이어갔다. 블로그에 는 기획 미투 여비서라는 제목의 글로 나를 살인자 취급하는 게 시글이 올려져 있었고, 청와대 청원까지 들먹이며 본인 주장의 신 빙성을 뒷받침하려고 했다. 부들부들 떨렸다. 욕이 나왔다.

늦은 시간이었지만 변호사님께 바로 연락을 드렸다. 내일 당 장 법적 조치를 취하자고 하셨다. 다음 날 고소장을 바로 준비해 주신 덕분에 신속하게 고소할 수 있었다. 이건 흉악범죄다. 한 사람의 인생을 망치려고 이렇게까지 해야 하는가. 아무것도 잘못한 것이 없는 나는 왜 이들에게 이렇게 조리돌림 당하고 화풀이 대상이 되어야 하는가. 고인의 잘못을 인정하고 나를 사회적으로 보호하자고 말하는 것이 그들의 이념과 이상에, 알량한 자존심에 그렇게 어긋나는 일일까. 너무도 잔인하다.

오랜 고민 끝에 이름을 바꾸기로 결심했다. 내 인생은 누가 뭐래도 내가 직접 선택한다. 당신들이 아무리 뭐라고 나를 비난해도 나는 떳떳하다. 나는 무서워서 숨는 것이 아니다. 당신들이 나를 더 괴롭힐 수 있는 여지를 없애기 위해 나는 어떤 방법을 통해서든 나를 지킬 것이다.

故 박원순 성폭력 피해자 입장문을 쓰다

계절이 바뀌고 2020년 10월이 되었지만 나에 대한 공격과 음해가 수그러들 기세가 보이질 않아서 나는 다시 입장문을 써야만 했다. 특히 시장님 생일파티 때 내가 시장님의 어깨를 만지는 추행을 했다는 악의적인 허위 사실을, 의도적으로 편집된 동영상과 함께 공개한 자들의 2차 가해에 가만있을 수가 없었다. 하지만 이 입장문은 발표되지는 않았고 이 책을 통해 처음 공개되는 것이다.

저에 관해 공개석상에서 직접 진실을 이야기하라고 폭력적인 언사를 지속하시는 모든 분들에게 드립니다.
그중에서도 전 비서실장, 전 서울시 행정1부시장으로 계셨던 분들에게는 개인적으로 연락을 드리고 싶었으나, 공개적으로 저의 입장을 표현하는 것을 수차례 요청하시기에 무거운 마음으로 펜을 들었습니다.

전 비서실장들을 포함한 현직 국회의원의 자리에 있는 분들께서는 공개적으로 의견을 표현하는 것이 국민들에게 어떤 의미를 가지는지 잘 아실 거라고 생각합니다. 그럼에도 불구하고 법적인 판단이 어려워진 상태에서 홀로 남겨진 피해자에게 위로와 공감, 책임자로서 반성 표명을 하는 것이 아니라 저를 둘러싼 증거 없는 의혹을 제기하고 있는 점과 그를 통해 얻고자 하는 것이 무엇인지 아무리 생각해도 현명한 답이 내려지지 않는 점 때문에 저는 그동안 헌신했던 조직에 대한 거듭된 실망을 멈출 수가 없습니다.

또한 말도 안 되는 자극적인 미디어 선동으로 저를 상처주려는 움직임에 한마디 보탭니다. 생일 동영상 관련, 동영상 원본을 음성과 함께 공개하지 않고 악의적으로 편집한 이유에 대해서 의문을 제기합니다.

그 당시 카메라 앞쪽에는 2~30명의 비서진이 있었고, 생일축하 행사 시 시장이 직접 수많은 사람 중 저만을 특정하여 "○○○ 이리와!"라고 지시해서 저는 억지로 불려 나가 그의 옆에 서게 되었습니다. 동석했던 비서진 중에는 그러한 행사에서 시장과 함께 사진을 찍고 SNS에 올리며 으스대고 싶어 하는 사람들이 많을 것으로 압니다. 그 앞에서 제가 인상을 쓰면서 끔찍이도 싫다고 외칠 수도 없는 일입니다. 저는 그때에도 분명 다른 직원들이 함께 해주기를 요청했으나 아무도 다가오지 않았습니다. 저는 결벽증이 있기 때문에 평소 용변을 본 뒤 손을 닦지 않고 코를 자주 파던 고인의 손을 만지는 것이 죽기보다 싫었습니다. 그러나 저는 웃으며 행사에 참여할 수밖에 없었습니다. 저는 행사가 끝나자마자 항균 성분이 있는 손 세정제로 바로 손을 씻었습니다.

어깨에 손을 올린 것 관련, 당시 미디어 담당 비서관이 SNS에 올릴 생일 영상을 촬영 중이었는데 '비서실 공식 카메라'가 있는 쪽을 바라보시라고 자세를 잡아드린 것입니다. 이것을 추행으로 몰아가려면, 고인은 반드시 살아서 본인이 그 당시 불쾌했다는 사실관계로 법적 쟁의를 지속했어야 합니다.

비서실에서 공개한 인수인계서 관련입니다. 해당 문서는 2018년 7월에 작성되었습니다. 먼저 그와 같은 형식의 인수인계서는 어떤 공공기관에도 존재하지 않으며, 그간의 경찰 등 조사에서 공식적인 문서와 절차를 강조해온 비서실 측에서 해당 문서를 언론에 공개했다는 것에 유감을 표합니다.

해당 문서는 후임자가 소위 '허드렛일'을 많이 해야 하는 비서직에 잘 적응할 수 있도록 고무하기 위해 만든 문서입니다. 선임자로서 후임자가 맡은 바 직무에 최선을 다할 수 있도록 응원하고 사기를 북돋는 것은 한 팀으로서 중요한 일이라고 생각합니다. 특별히 그러한 일은 팀장급 이상 관리자가 해야 하는 일이라고 생각합니다. 하지만 비서실의 관리자들은 그러한 사명감을 심어주는 대신 사소한 '허드렛일'과 '사적 노무'를 무자비하게 시켜댔습니다. 공적인 영역에서 이루어지는 일들은 차치하더라도 대리처방, 명절 음식 장보기, 휴가 음식 챙기기 등 자괴감이 드는 업무들이 많았습니다. 언제나 노동자의 곁에 있다고 주장해온 정치인과 그를 보좌하는 사람들은 비서들에게 이러한 업무를 시켰습니다. 그러한 상황에서 함께 일하는 동료에게 이 일은 절대 하찮은 일이 아니라고 자부심을 심어주려 위로와 응원을 보냈던 메시지가 이렇게 악용되는 현실이 매우 안타깝습니다.

실제 비서실에서는 365일 주말도 가리지 않고 출근하거나 24시간 연락체계를 유지했어야 했고, 시장이 지방 출장을 가거나 휴가로 자리를 비워, 비서들 개인적으로 휴가를 냈던 날에도 급히 복귀하여 근무에 임해야 하는 날이 많았습니다. 공무원은 원래 박봉이라지만 시급으로 계산 시 최저시급에도 못 미치는 임금과 살인적인 일정들로 시 내부 직원들은 시장 비서실로 차출되어 오는 것에 반감을 가졌던 분위기였으며 어렵게 오게 된 후임이 잘 적응하기를 바라는 마음에서 썼던 문서였습니다.

더 이상 제가 몸담았던 조직과 헌신했던 사람들에게 실망하고 삶에 희망을 포기하게 만드는 행태를 멈춰주시기를 부탁드립니다.

2020년 10월 7일

故 박원순 성폭력 피해자

10월 실명, 소속 공개 고소사건 의견서를 쓰다

더운 바람이 점차 서늘하게 바뀌는 계절이 되었지만, 내 상황은 더욱 나빠져 갔다. 생일파티 동영상과 더불어 포털 사이트 블로그와 밴드에 내 실명과 소속이 노출된 채 유포되고 있다는 사실을 알게 된 이후 나는 점차 삶의 의지를 잃어갔다. 법적으로 엄중하게 대응해야만 했고, 정신과 복용약을 더 세게 처방받으면서 나는 고소에 필요한 의견서를 썼다. 전문은 아래와 같다.

얼마 전 제가 등장하는 영상과 사진을 악의적으로 유포한 일을 겪으며 정신과 복용약의 용량을 더 세게 처방받았습니다. 끔찍한 현실 속에서 그래도 살아보겠다고 노력했습니다. '수면제를 먹고 죽을까.', '높은 곳에서 뛰어내릴까.', '물에 빠져 죽는 것이 가장 편하겠지.'라고 생각하면서도, 살고 싶었습니다.

그런데 갑자기 친구를 통해 한 포털 사이트 블로그와 밴드에 저의 실명과 소속이 노출되었다는 사실을 알게 되었습니다.

공무원의 이름과 소속이 공개될 수 있다고 생각했습니다. 그러나 저는 휴직 중인 바, 서울시 공식 홈페이지 조직도에서 제 이름을 검색하면 '검색된 업무직원이 없습니다.'라고 표시되는데 저의 이름과 소속을 어떻게 알았는지. 이것은 내부 직원의 정보 없이는 알 수 없는 정보라는 점이 충격적이었습니다.

또한 해당 블로그와 밴드 게시글에는 저를 '기획 미투로 살인에 이르게 한 무고자'로 규정하고, 자극적인 선동과 함께 저의 실명을 공유하며 저를 정신적으로 무너뜨릴 댓글에 동참하도록 하고 있었습니다. 인간이기를 포기한 저 사람들 때문에 저는 제 삶을 포기할 수밖에 없는 하루하루를 보내고 있습니다.

더 세진 수면제를 복용하고도 불안한 마음을 가라앉히지 못하고 몇 시간을 뒤척이다가 겨우 잠이 들어도 꿈속에서 가해자와 추종자들이 나타나 저를 위협하며 살해당하는 시달림을 겪습니다. 겨우 1~2시간의 수면 동안 휴식은커녕 쫓기고 도망가고 죽는 꿈을 꾸며 기진맥진하게 식은땀을 흘리며 일어납니다. 한동안은 꿈과 현실이 구분되지 않아 쿵쾅대는 심장 때문에 숨쉬기도 벅찬 와중에 휴대폰으로 기사를 검색해 보며 다시 현실을 깨닫습니다.

집에 누가 찾아올까 걱정되어 거주지를 옮기고도 저의 인상착의와 실명, 신분을 추적하여 누군가 저를 해칠 수 있다는 두려움에 너무 무섭습니다.

저는 너무 억울합니다. 죽고 싶은 저였지만, 다른 사람에 의해서 죽임을 당할 행동을 하지는 않았습니다.

물리적으로 아직 저를 위협한 적 없다고 하더라도, 지금 이슈가 되고 있는 '디지털 교소도'보다도 더 악질의 추악한 방법으로 제 인생을 죽이고 있습니다.

제가 다시 정상적인 생활을 하기 어려운 상황임에도, 성형으로 제 얼굴을 바꾸고, 이름을 바꾸고, 이사를 가고, 직장을 옮기면서 살 수밖에 없는 상황을 만드는 것은 토막살인과 다름없는 흉악범죄라고 생각합니다. 저 사람들이 저에게 그런 행동을 할 권리와 자유는 없습니다. 부디 저를 괴롭히는 일을 맹목적으로 일삼는 사람들이 죗값을 치르고, 다른 피해를 예방할 수 있도록 도와주세요.

저는 살고 싶습니다.

2020년 10월 14일

김지은 님을 뵙다

―――――――――

―――――――――

―――――――――

'서울시장 위력 성폭력 사건 공동행동' 발대식 하루 전날 저녁, 김재련 변호사님과 함께 김지은 님을 처음 만났다. 지난 7월, 김혜정 한국성폭력상담소 부소장님을 통해 저서와 쿠키로 전해주신 마음을 받은 지 석 달 만이다.

그 당시 감사하는 마음에 답하고자 부소장님께 김지은 님의 연락처를 어렵게 받았지만, 결국 아무런 메시지도 보내지 못했다. 메시지를 몇 번이나 썼다가 지웠다가를 반복할 뿐 차마 이 절절한 고통을 함께 나눌 용기가 나지 않았다. 위력으로 성폭력 피해를 입은 두 존재가 연락을 나누며 힘겨운 상황을 나누는 순간, 그냥 저 땅끝으로 함께 무너져 내릴 것 같았다.

마치 내가 쓴 글처럼 느껴져 한 줄 한 줄 읽을 때마다 마음이 먹먹해지기도 하고, '미리 읽었다면 조금 다른 오늘을 살 수 있었을까.'하는 후회를 하느라 너무나 읽기 어려웠던 김지은 님의 저서 『김지은입니다』를 읽으면서 느낀 감정을 편지에 담아 김재련 변호사님을 통해 전해드렸던 적이 있다. 그 후로도 두 달의 시간이 흘렀다.

7월 초, 안희정 전 충남도지사의 모친상이 있었다. 안희정 전 지사는 모친상을 치를 수 있도록 형집행정지로 일시석방 되었고, 대통령을 포함한 각계각층의 사람들은 안희정 모친의 빈소를 찾거나 조화를 보내며 조의를 표했다.

여성과 인권을 강조해온 그들이 어찌 이러한 결정을 할 수 있을까. 안희정 전 지사는 범죄 사실이 확정된 범죄자이다. 게다가 정치적, 사회적, 도덕적 책임이 일반인보다 훨씬 무겁게 적용되어야 할 사안임에도 그들은 '네 편 유죄, 내 편 무죄'의 잣대를 대가며 피해자를 보호하기는커녕 두려움에 떨게 만드는 일을 자행했다.

무엇이 2차 가해인가. 피해자가 심리적으로 불안하고, 위협을 느끼게 하는 모든 것이 2차 가해라고 생각한다. 그리고 특히 권력형 성범죄가 일어났을 때, 피해자인 상대적 약자를 최대한 보호하고 그 인권을 지켜주는 것이 그간 진보 진영에서 주장해온 바인데, 지금처럼 자기들을 부정하는 모순된 방식으로 지켜지지 않고 있는 이 원칙은 그 적용 대상이 누구든 앞으로 반드시 지켜져야만 할 것이다.

최근에는 김지은 님에게 2차 가해성 악성 댓글을 단 전 수행

비서가 명예훼손죄로 200만 원 벌금형을 선고받는 일이 있었다. 피고인은 일말의 반성이나 사죄도 없이 바로 항소했지만, 그 판결은 사회적으로 굉장히 의미가 있었고, 나 또한 짙게 감정이입을 할 수밖에 없는 사건이었다. 한국성폭력상담소 이미경 소장님과 김재련 변호사님을 통해 미약한 연대와 응원의 메시지를 전했다.

안희정에 의한 성폭력 피해를 세상에 알리고 2년 8개월이 지난 지금도 김지은 님은 여전히 힘겨운 하루를 살고 계신다. 최근 누군가 집 도어락을 뜯어내려고 했던 흔적을 보고 경찰에 신고한 후 거처를 옮겨 지낸다는 이야기를 듣고 나와 꼭 같은 상황에서 겪고 있는 두려움이 고스란히 느껴졌다. 세월이 지난 후에 나에게도 여전히 심각한 신변의 위협을 느낄 상황이 그려져 무서웠다. 우리 부모님과 가족을 걱정해주시는 마음에 김지은 님께서 지나온 시간과 현재 겪고 있는 생활의 아픔이 비쳐 눈물이 왈칵 쏟아졌다.

세세하게 말하지 않아도 서로의 아픔을 누구보다 잘 알기에, 애써 우리는 아픈 이야기를 나누지 않으려 노력했다. 함께 하는 소중한 시간 자체가 치유이며 충전이었다.

나는 김지은 님을 누구보다 열렬히 응원한다. 김지은 님이 당당하고 힘차고 행복하게 사셨으면 좋겠다. 나의 2년, 3년 후를 보는 것 같은 기분이 들기 때문이다.

그날 우리는 함께 웃었다. 웃을 수 있는 상황도 아니었고, 웃을 일도 없었지만 그냥 웃었다. 함께 웃을 수 있다는 사실이 너무나도 감사했다. 아픈 기억을 깨끗이 지울 수는 없겠지만 웃음으로 덮을 수는 있겠다고 생각했다. 혼자는 웃을 수 없겠지만 함께는 웃을 수 있겠다고 생각했다. 참 다행이다.

우리는 함께 한 걸음 더 나아간다

수면제를 먹고도 밤새 뒤척이다 깨다가 어렵게 잠이 들지만, 아침에 일어나는 것은 잠드는 것보다 어렵다. 특히 오늘처럼 꼭 일어나야 하는 날엔 더 그렇다. 오늘은 두 가지 큰 이슈가 있는 날이다. 288개 단체 연대기구 출범 기자회견과 서울시 행정안전위원회 국정감사이다. 두 행사 모두 오전 10시부터 시작이기에 9시 30분부터 TV앞에 앉아 휴대폰으로 유튜브와 국회의사당 중계 어플리케이션을 번갈아 쳐다보며 극도로 긴장했다.

고소장을 접수하고 밤새 조사를 받은 7월 8일, 그리고 그 후 100일. 그 사이 두 번의 입원과 퇴원, 두 차례의 경찰 조사와 참고인 대질신문, 10시간가량의 국가인권위원회 피해자 조사 과정을 치렀다.

7월에 서울시 성희롱·성폭력근절특별대책위원회에서 9월까지 대책을 발표한다고 했을 때, 너무 오래 걸리는 게 아닌가라는 생각이 들었다. 국가인권위원회에서 연말까지 직권조사를 마무리하겠다고 발표했을 때에도, 이게 그렇게 오래 걸릴 일인가 싶은 마음이 먼저 들었다. 이 세상에서 다른 사람은 관심도 없는 일로 나홀로 끙끙 앓는 사람처럼 절박하면서도 야속한 생각이 들었다.

모든 조사에 성실하게 임하고, 신변의 위협과 정서적인 불안 때문에 더 이상 살던 집에 머물 수 없다는 판단으로 집을 떠나왔다. 집을 떠나온 뒤에는 줌을 통해 대책위분들과 거의 매일 안부를 묻고, 회의를 했다.

그렇게 지내다 보니 벌써 100일이라는 시간이 흘러왔다. 그리고 지난 시간들과 앞으로의 시간들을 응원하는 마음으로 288개 단체가 모였다. 288이라는 숫자를 듣고 가슴이 묵직하고 뜨거워졌다.

2020년 10월 15일 기자회견은 1시간 15분 정도 진행되었다. 보는 내내 심장이 뛰었다. 작은 샘물에서 거대하고 강한 물기둥이 솟아오르는 것을 눈앞에서 보는 것 같은 느낌이 들었다. 기자회견 자료는 20페이지였지만, 기자회견을 준비하기 위해 만든 200페이지가 넘는 자료를 보았다. 얼마나 진지하고 무거운 마음으로 오늘을 준비하셨을지 안다. 연대의 힘을 느낀다.

288개 단체의 성명과 구호, 단호하고 커다란 외침. 함께해주신 모든 분께 감사하다. 포기하고 싶은 순간이 올지라도 반드시 끝까지 살아야겠다는 다짐을 한다.

앞에서도 잠깐 페미니즘에 별로 관심이 없었다는 얘기를 했지만 나는 페미니스트가 아니었다. 그러나 힘든 일을 겪었을 때 나를 지켜주는 것은 오직 연대라는 것을 이번 일을 겪고 깊이 체감했다. 많은 분들이 이 사건을 위해 힘써주신다는 것에 벅찬 마음으로 감사하며, 사회에 커다란 빚을 지고 있는 기분이다. 그분들께서 이 사건을 챙기느라 더 중요하고 의미 있는 일들을 돌보지 못하는 것은 아닐까, 이 순간 도움의 손길이 필요한 누군가가 외면 받고 있는 것은 아닐까 무거운 마음으로 감사를 느낀다.

지금 지고 있는 이 빚을 갚을 날이 오기를 소망한다. 나의 작은 연대가 누군가에게 숨통 트이는 희망이 되는 날이 오기를 기대한다.

'서울시장 위력 성폭력 사건 공동행동' 발대식 입장문을 쓰다

피해자로서, 288개 단체가 연대하며 한데 모이는 성폭력 사건 피해 당사자로서 공동행동 발대식에 즈음해 절절하면서도 진솔한 마음, 그리고 고마운 마음을 담아 입장문을 썼다. 고통과 함께 나는 조금씩 더디게나마 성장하고 진화하고 있는 것 같다. 그 전문은 아래와 같다.

안녕하세요, 어렵고 귀한 마음을 모아주신 모든 분께 감사의 말씀을 드립니다.

저의 생활을 걱정해주시는 분들이 많이 계시다고 들었습니다.

피해자로서 마땅히 보장받아야 할 법적 절차들의 상실과 그로 인한 진상 규명의 어려움, 갈수록 잔인해지는 2차 피해의 환경 속에서 '다시 일어날 수 있을까' 하는 막막함을 느끼며 절망하다가도 저를 위해 모아 주시는 마음 덕분에 힘을 내고 있습니다.

저는 현재 저의 신상에 관한 불안과 위협 속에서 거주지를 옮겨 지내고 있습니다. 거주지를 옮겨도 멈추지 않는 2차 가해 속에서 다시는 정상적인 생활을 할 수 없을 것 같다는 절망감에 괴로워하며, 특히 그 진원지가 가까웠던 사람들이라는 사실에 뼈저리게 몸서리치며 열병을 앓기도 했습니다.

해소할 수 없는 괴로움과 믿었던 사람들에 의한 아픔 때문에 가슴이 막혀 숨을 쉬는 것도 어려운 날들을 겪고 있지만, 온 마음으로 저를 도와주시는 분들이 계시기에 그래도 다시금 뜨거운 숨을 내쉬며 내면의 고통과 상처를 흘려보내며 매일을 살아내고 있습니다.

평범했던 일상과 안전, 심신의 건강과 가족의 행복, 꿈꾸는 미래.

당연한 것 같았지만 제 손에서 멀어진 많은 것을 바라보며 허망함을 느끼고 좌절하기도 합니다. 그러나 한편으로는 함께 해주시는 분들의 마음과 그를 통해 앞으로 바뀌게 될 많은 일을 벅찬 가슴으로 기대하는 마음이 들기도 합니다.

저는 많은 것을 잃었습니다. 그러나 또한 많은 것을 얻었다고 생각합니다. 많은 분들께서 함께 모여 저에게 위로와 응원을 보내주시고, 나아가 저와 더 나은 사회를 위해 싸워주시는 것을 보면서 우리 사회가 머물러 있지 않다는 희망을 느꼈기 때문입니다.

이 사건은 여성과 약자의 인권 보호에 힘쓰라는 사명을 부여받은 조직에서 일어났기에 더 절망적인 문제일 것입니다.

대표적인 인권운동가가 막강한 권력 뒤에서 위선적이고 이중적으로 행동할 수 있는 토양을 만든 것에 대한 사회적 반성과 앞으로 이와 유사한 일들을 예방할 수 있는 제도적 장치를 마련하여 우리 사회가 더 나은 사회로 나아가기를 바랍니다.

가깝고 믿었던 사람이 잘못을 했을 때, 그리고 그 상대편이 절대적 약자일 때 우리 사회가 어떤 방식으로 문제를 해결해야 하는지 명확한 기준을 가진 건강하고 정의로운 사회이기를 바랍니다.

이 끔찍한 사건이 단순한 사건으로 끝나는 것이 아니라 여성과 약자의 인권에 대한 울림이 되어 우리 사회의 본질적인 문제들을 해결하고 예방하는 데에 도움이 되기를 바랍니다.

우리가 서로 반대편에 서서 싸우는 것이 아니라 공정, 정의, 평화, 인권을 위해 같은 방향으로 나아가야 하는 존재임을 깨닫는 과정이 되기를 바랍니다.

아직도 문제를 의도적으로 외면하고 있는 책임과 권한 있는 인사들이 이제라도 자리에 걸맞은 모습을 보여주기를 기대합니다. 한평생 약자를 위해서 싸워오신 분들이 이 사건에 대해 적극적인 의지를 갖는 모습을 볼 수 있기를 기대합니다.

100일, 저에게는 너무나 길고 괴로운 시간이었습니다.

사건을 둘러싼 많은 의혹과 괴로운 과정 속에서도 포기하지 않고 꿋꿋하게 살아서 진실을 규명하고 우리 사회가 정의를 실현하는 모습을 반드시 지켜보고 싶습니다.

실체적 진실과 정의가 바로 설 수 있도록 힘써주셨으면 좋겠습니다.

뜨거운 마음, 큰 뜻으로 끝까지 함께 해주시기를 간절히 부탁드립니다.

진심으로 감사드립니다.

2020년 10월 15일

고스톱의 위로

　　　　　　　　——————

　　　　　　　　——————

　　　　　　　　——————

　　고등학교의 마지막 방학을 보내면서 '대학 가면 꼭 할 줄 알아야 하는 것'이라는 명목으로 엄마에게 배운 것 중에 하나가 화투를 가지고 하는 '고스톱'이다. 못하면 따돌림 당한다고, 할 줄 아는데 안 하는 것과 못 하는 것은 다르다고 해서 배운 고스톱은 스무 살 이후 엄마와 나의 연결고리가 되곤 했다. 이렇게 섭렵한 기술로 명절에 가족끼리 모이면 허리가 끊어질 듯 아플 때까지 고스톱을 치기도 했다.

　　"맞고 칠까?"

　　시험에 낙방하거나 남자친구와 이별했을 때 엄마는 이렇게 말하곤 했다. 내 주의를 다른 곳으로 돌리려는 의도라는 것을 10년 넘게 지나서야 깨달았다. 게임에 집중하다 보면 웬만한 감정들은 사라지고 스트레스가 해소되는 느낌이 든다.

사건이 있은 후, 가족들이 모이면 누가 먼저랄 것 없이 의례적으로 담요를 깔고, 화투와 동전 주머니를 꺼낸다. 똑똑한 머리로 자꾸 지는 게 속상해서 "난 책 볼래."라고 하면서 빠지던 동생도, 고스톱 그림도 못 맞춰서 인터넷에서 일일이 설명을 찾아보며 화투를 두 손에 겨우 구겨 넣는 올케도 담요에 바짝 달라붙어 상기된 얼굴로 고스톱을 친다.

시끌벅적한 소리가 좋다. 괴로운 생각이 잠시 잊혀진 듯한 느낌이 드는 것이 좋다. 평범하게 함께 웃기도 하고, 티격태격하는 시간이 좋다. 오고 가는 동전 속에 서로를 위한 마음이 느껴지는 것이 좋다.

힘내지 말자

울적하고 쓸쓸하던 하루. 손안의 휴대전화를 통해 저 멀리 있는 세상과 소통하던 중 SNS에서 고등학교 친구가 쓴 울적한 글을 보았다. 친구에게 연락을 할까 말까 고민하다가 먼저 연락을 했다. 사건 이후 누군가에게 먼저 연락을 거는 일이 쉽지는 않지만, 15년 가까운 시간 동안 줄곧 가까이 지냈고, 사건 이후에도 가끔씩 내 걱정에 연락을 해오던 친구였다.

친구는 몸이 아팠다. 다른 친구들도 삼십 대가 되면서 저마다의 삶에 크고 작은 무게가 생겨가고 있었다. 내 삶의 무게가 특별히 감당할 수 없는 크기라고 생각하지 않는다. 모두의 삶에는 저마다의 짐이 있고 그 무게는 지극히 주관적이기 때문이다. 다른 사람 인생 위에 놓여진 벽돌 무게보다 눈앞의 자신의 삶에 놓인 탁구공 무게가 더 무겁게 느껴지는 것이 삶의 이치이다. 그 짐의 무게가 객관적으로 얼마나 무거운지는 측정할 수 없다. 측정하는 것이 무의미하다는 말이 더 이치에 맞겠다.

스스로가 처한 힘든 상황에서도 다른 사람의 아픔을 헤아리고 위로할 수 있는 능력을 가진 것은 축복이다. 그 축복의 선물을 받은 친구이기에 나는 친구에게 큰 망설임 없이 연락할 수 있었다.

그간의 병원 진료와 새로 꾸린 가정 이야기, 앞으로의 고민 등 가벼운 듯 무거운 근황을 나눴다. 친구는 『마흔의 마음학』이라는 책을 샀다고 말했다. 이렇게 힘든 30대를 보내며 더 힘들 4,50대를 준비하고 싶은 마음이 들어서 샀다고 했다. 친구는 본인이 아직 육체적으로나 정신적으로 불안정하다며 출산과 육아 과정이 겁이 나서 임신을 미루고 있다고 했다. 아직 30대 초반 친구가 마흔을 준비하는 마음가짐이 절대 가볍지 않음이 느껴졌다. 당장 내일이 어떻게 될지 모르는 삶을 사는 내 눈에 마흔을 준비하는 친구는 참 멋지게 보였다.

내가 걱정할까 염려하여 가끔 이모티콘과 웃음소리를 섞어서 메시지를 보내지만, 그 뒤에 숨겨진 친구의 아픔을 안다. 그래서 나도 애써 더 씩씩한 척을 했지만, 내가 그랬던 것처럼 분명 친구에게 내 진심을 들켰을 것이라고 생각한다. 우리는 그렇게 이야기를 나누었고, 무겁지 않은 마음으로 서로를 응원했다.

대화를 정리하며 친구에게 상한 마음 풀고, 힘내자고 말했다. 그러자 친구는 나에게 '힘내지 말자'고 말했다. 갑자기 눈 밑이 뜨겁고 코가 시큰했다. 가슴이 아렸다. 나도 나에게 하지 못했던 말이다. 내가 듣고 싶었던 말이라는 것을 느꼈다.

'힘내지 않아도 괜찮아.'가 아닌 '힘내지 말자.'

힘을 내서 꾸역꾸역 살아가야 한다고 생각했다. 사랑하는 가족들이 아플까 봐 걱정되니까. 가까스로 하루하루 살아가야 하는 것이라고 생각했다. 죽을 용기가 없으니까.

힘이 없으면 아무것도 하려고 하지 말고, 한동안 그렇게 쭉 멈춰서 있으라는 그 말. 치열했던 삶의 시간에 익숙한 나였기에 더욱 낯선 그 말. 그냥 흐르는 대로 흘러가도록 아무 생각 없이 지켜보라는 그 말. 어떤 위로와 격려보다도 따뜻하고 힘 있었던 그 말. 참 고마워.

한라산 등반, 성판악 코스-사라오름까지

제주도에 놀러 온 친구와 한라산 등반을 하기로 한 날을 하루 남겨 놓고 나는 고열로 여섯 번째 코로나 검사를 받았다. 그러고 보니 내 인생은 1년 사이에 왜 이리 곡절이 많고 기구해졌는지. 마음이 받는 고통에 비교하면 고통스러운 것도 아니지만 그래도 받을 때마다 매번 불편한 코로나 검사를 집 밖에 잘 나가지도 않는 생활 속에서 1년 동안 6번이나 받은 사람은 많지 않을 것 같다.

친구가 온다기에 한라산에 갈 계획으로 엄마에게 생일선물로 등산화를 사달라고 했다. 제주도에 왔으니 오름이나 올레길 말고 한라산 정상의 백록담을 두 눈으로 보고 싶었다. 그런데 예상치 못하게 고열이 닥친 것이다. 이번에도 신경을 써야 할 일이 있었기 때문인데, 비서실에서 누구보다 오래 함께 근무하고 모셨던 비서실장님의 인터뷰가 화근이었다. 최영애 국가인권위원장님의 인터뷰에 대한 반론이었다. 울화가 치밀었다. 그러곤 곧 열병을 앓

왔다. 나는 화가 나면 실제로 신체에 열이 나는 편이다. 몸살인 줄 알고 동네 병원을 찾았다가 매뉴얼에 따라 바로 택시를 타고 서귀포의료원으로 이동하여 코로나 검사를 받았다.

그렇게 제주 생활을 하며 한라산을 바라만 본 지 두어 달이 지났다. 난 계속 한라산 한라산 노래를 불렀다. 평생 등산을 싫어하며 '저질 체력'으로 살아왔던 내가 한라산에 가보겠다고 고집을 피우는 건 다소 단순 무식한 이유에서였다. 스스로를 혹사시키고 싶었다. 다른 사람에 의해서 괴롭힘을 당하고 있는 것보다 차라리 내가 스스로를 괴롭히는 편이 낫겠다고 생각했다.

혼자라도 한라산에 오르겠다고 고집을 피우다가 체력이 약한 엄마가 큰 결단을 해주어서 함께 한라산에 가보기로 했다. 여성가족부 국정감사 날이었다. 하루 종일 기사에 시달리느니 한라산에서 휴대폰이 안 터지길 바라는 마음에 다 던져놓고 한라산에 오르기로 했다.

집에서 가까운 코스는 성판악 코스. 엄마는 그 길로 올라 사라오름에 들렀다가 오자고 했다. 나는 반대했다. 나는 무조건 백록담으로 가겠다고 했다. 결국 고열과 코로나 검사로 수포로 돌아갔지만 지난번 친구와 등산 계획을 세우면서도 친구는 사라오름으로, 나는 백록담으로 가겠다고 호기롭고 야심차게 다짐했었다. 친구가 인터넷에서 찾아서 보낸 사라오름 산정호수 사진에 반해서 꼭 한 번 직접 보고 싶기는 했지만 말이다. 결국 엄마가 사라오름 아니면 안 간다고 고집을 피우는 바람에 그럼 올라 보고 갈림 길에서 선택하자고 제안을 했다.

밤을 꼬박 새고, 새벽녘에 조금이라도 잠을 청해보려 했으나 그마저도 잠에 들지 못하고 뒤척였다. 엄마는 오늘은 쉬고 다음에 가자고 했지만 나는 반드시 한라산에 올라야 했다. 나를 혹사시키기 위해.

성판악 코스 초입부터 첫 벤치까지도 너무 힘들었다. 아침을 안 먹고 와서 당이 떨어졌는지 우리는 첫 벤치에서부터 김밥을 먹었다. 그때 시간이 9시 24분이었다. 해발 800미터 표지석부터 표지석이란 표지석은 모두 인증샷을 찍고, 나오는 벤치마다 쉬었다가도 우리 체력으론 역부족이었다.

등산객 안내표지판을 보면서 한숨이 절로 나왔다. 아니 저길 어떻게 가. 지금 초입에서부터 이미 체력이 바닥났는데. 진달래대피소부터 백록담까지의 각도는 거의 암벽등반 수준이었다. 갑자기 사라오름으로 가고 싶어졌다. 더 솔직하게 말하면 사라오름까지도 어려울 거라고 생각했다.

콧구멍이 벌렁거리고, 비 오듯 땀을 흘리며, 짐스러운 스틱과 두 어깨를 짓누르는 배낭 무게를 온전히 발걸음에 옮기며 터벅터벅 올라갔다. 옆에서 보란 듯이 다람쥐처럼 뛰어가는 어린이들도 있었다. 동네 조깅 온 것처럼 귀에 이어폰을 꽂고 가벼운 운동화만 신고 오르는 사람도 있었다.

사라오름과 진달래대피소 쪽으로의 갈림길에서 주저 없이 몸을 틀었다. 오늘은 아름다운 사라오름 산정호수를 볼 테야. 자꾸 되뇌며 세뇌를 시켰다. 역시 목적지를 향한 마지막 여정은 상상 그 이상으로 힘들었다. 오르막 계단에 끝이 없는 것 같았다. 구역질이 나올 것 같았다. 하지만 우리를 기다리는 사라오름에게서 받을 치유를 기대하며 계단에 앉았다 가기를 몇 차례, 마지막 계단을 돌아올라 더 이상 계단이 연결되지 않는 허허벌판에 이르렀다.

맙소사!

설마 했다. 광야의 가장자리를 둘러싼 데크를 터덜터덜 걸어갔다. 한라산은 현무암이었다! 요 며칠 비가 오질 않아서 물이 한 방울도 없었다. 산정호수는 온데간데없고 가을 단풍조차 제주의 거센 바람이 모두 떨어뜨려 앙상한 가지만 남은 나무들이 가시처럼 자리했다. 이 무슨 운명의 장난인가. 힘들게 올라와서라기보다는 내 처지처럼 황량하고, 어이없고, 희망 없이 말라 비틀어져 있는 모습에 눈물이 났다. 억울해서 자기 연민에 빠졌다.

혹시 사슴이라도 있지 않을까 하고 한 바퀴를 돌았다. 아쉬운 대로 사라오름 정상에 올라 엄마와 사진을 찍었다. 저 멀리 한라산 정상이 보였다. 더 이상 그곳으로 가지도 못한다. 한라산 성판악 코스는 진달래대피소 통제시간이 있다. 우린 너무 늦게 입산한 데다가 보이는 곳마다 쉬면서 올라가서 시간이 이미 통제시간을 넘긴 12시 40분이었다.

그렇게 허탈한 마음으로 하산하기 시작했다. 토끼띠라고 평소에 내리막을 잘 못 간다고 말했던 엄마가 앞서기 시작했다. 나는 걱정이 되었다. 아니 이놈의 땅은 왜 이렇게 돌이 많은지, 아무리 화산폭발로 만들어진 산이라지만, 등산로가 잘 되어 있는 것도 아니고 이렇게 울퉁불퉁한 산길을 다녀오고 왜 그렇게 한라산 예찬을 하는 거였는지, 아직 한라산에 가보지 않은 사람들을 골탕 먹이려고 하는 것인지 원망스러웠다.

위험해 보이는 길에서 내가 엄마를 앞서 발걸음을 안전하게 안내해줘야지 하는 생각으로 추월을 시도했다. 그러다가 보기 좋게 굴렀다. 별이 보였다. 주변 등산객들이 모두 놀랐다. 옷이 찢어지고, 멍이 들었다. 아찔했다. 앞으로 어떻게 내려가지. 눈물이 핑 돌았다. 너무 억울했다. 왜 이 고생을 사서 하기로 한 건지 후회했다.

울부짖고 싶었다. 그동안의 힘든 일들이 모두 떠올라서 어린 아이처럼 엉엉 울고 싶었다. 나를 혹사시키기로 한 마음을 반성했다. 어쩌면 한편에는 창피한 마음이 들었는지도 모르겠다. 다른 사람들은 나를 걱정해준 것인데 그 관심이 부담스러워서 스스로 과도하게 자책하는 것 같았다.

엄마는 뼈가 괜찮은지 물었고, 다행히 접지르거나 부러진 거 같지는 않았다. 그렇게 다시 천천히 내려가는 엄마를 따라 조심히 내려갔다. 오히려 처음보다 페이스를 조절하면서 안전하게 내려가는 느낌에 안정감을 느꼈다. 그러면서 다시 눈물이 흘렀다. 넘어져도 다시 일어나면 되는구나. 이렇게 다시 몸과 마음을 정돈하고 천천히 가면 되는구나. 세상이 무너진 것 같은 것도 잠깐이구나.

한라산에 다녀와서 새까맣게 죽었던 엄지발톱도 이제 3밀리미터 정도밖에 남지 않았다. 죽을 것 같던 순간도, 죽은 발톱도 세월이 지나니 회복이 된다.

그래도 한라산은 케이블카 생기기 전에 다시는 안 갈 것 같다.

이낙연 민주당 대표님께

2021년 4월로 예정된 서울시장 및 부산시장 보궐선거는 모두 민주당 소속 시장들의 성비위 사건 때문에 안 치러도 될 선거를 치르게 된 것이다. 민주당 당헌·당규에는 원래 자당 소속 인사에게 귀책사유가 있어서 치르게 된 보궐선거에는 도의상 후보를 내지 않는다는 조항이 있었다. 그 당헌·당규대로라면 당연히 민주당은 후보를 내지 않아야 마땅하다. 그런데 지금 민주당 이낙연 대표는 당원 투표를 통해 후보를 낼지 여부를 묻겠다고 한다. 후보를 내겠다는 소리와 다를 게 없다. 보궐선거와 직접적인 연관이 있는 성폭력 사건 피해자로서 울화가 치밀어 오른다. 이 사람들은 반성이라는 것을 모르는 것일까.

고인의 잘못에 대해 대신 사과하지는 않더라도 '님의 뜻을 기억하겠다.'는 현수막과 '피해호소인'이라는 잔인한 말로 나에게 상처를 줬던 일에는 진심으로 사과를 하는 것이 정치인이 책임을 지

는 모습 아닐까. 세상이 다시 거꾸로 돌아가는 것 같다. 그래서 이
낙연 대표에게 보내는 공개 질의서를 썼다. 공개 질의 전문은 아
래와 같다.

이낙연 더불어민주당 대표님께 질문드립니다.

1. 당헌·당규 개정 전 당원 투표 관련,

   "피해 여성께 마음을 다해 사과드린다."고 말씀하신 바

   '피해 여성'에 제가 포함되는 것이 맞습니까?

2. 도대체 무엇에 대하여 사과하신다는 뜻입니까?

   − 당 소속 정치인의 위력 성추행을 단속하지 못하신 것입니까?

   − 지지자들의 2차 가해 속에 저를 방치하고 있는 현실에 대해 사과

     하는 것입니까?

3. 사건의 공론화 이후 지금까지 집권 여당, 해당 정치인의 소속 정당으

   로서 어떤 조치들을 취하셨습니까?

4. 앞으로 저는 이 사과를 통해 어떤 변화를 맞이할 수 있습니까?

5. 우리 사회는 공당에게 어떤 기대를 하고 있다고 생각하십니까?

6. 앞으로 사건의 진상 규명과 재발 방지대책을 위해 어떤 노력을 하실

   계획입니까?

2020년 10월 30일

전 서울시장 비서

자기학대

회복이 된다 싶으면 다시 상처를 덧나게 하는 일들이 발생한다. 이번에는 비서실에서 일할 때 찍었던 사진들이 유포되었다. 내 개인 SNS 계정에 올렸던 사진들이었고, 최초 유포자가 누구인지 어렵지 않게 유추할 수 있었다. 수치스러웠다. 모자이크 처리가 되었다고는 하지만 누군가는 원본을 가지고 있다고 짐작할 수 있었다. 무서웠다. 소위 말하는 진보 유튜브에는 근무 중에 찍은 사진과 영상 들을 악의적으로 편집하여 업로드하고는 나를 꽃뱀으로 몰고 갔다.

꽃뱀이라는 공격은 무섭지 않았다. 사실이 아니니까. 나는 당당하니까. 그렇지만 나의 사진과 영상 들이 계속해서 유포, 확산, 재생산되는 것은 무서웠다. 평생 숨어 살아야 하는 것은 아닐까. 저 잔인한 짐승들끼리 원본을 주고받았을 가능성도 있겠지. 길 가다가 나를 알아보고 해코지하면 어떡하지. 두려웠다. 나는 성형을 알아봤다.

'당신들이 나를 공격할 수 있다고 생각해? 당신들이 똘똘 뭉쳐서 한 사람 인생 파멸시키는 거 일도 아니라고 생각하겠지만 나는 그렇게 호락호락한 사람이 아니야.'

강인한 마음으로 성형을 알아봤지만, 알아볼수록 내가 왜 이렇게까지 해야 하나 싶었다. 대책위에서도 반대하셨다. 특히 한국성폭력상담소 김혜정 부소장님(현 소장님)께서 이러한 현실에 너무 마음 아파하셨다. 그러나 보여주고 싶었다. 나는 내 인생을 스스로 지킬 수 있다는 것을, 그리고 그들이 그렇게 나를 공격하려 해도 나는 절대로 무너지지 않음을 보여주고 싶었다.

그러면서 한편으로는 성형수술 의료사고들에 대해 찾아봤다. 수술 중에 마취 사고로 죽는 것이 용기없는 나에게 가장 편한 죽음의 길일 것이라고 생각했다. 가족들 몰래 의료사고가 있었던 것으로 유명해 모두가 피한다는 병원을 예약했다. 엄마에게 모든 계정과 계좌의 비밀번호를 가르쳐 주었다. 혹시 몰라서 동생에게도 알려주었다. 그야말로 신변을 정리했다. 두렵기도 했지만, 나도 모르게 마음이 후련해졌다.

아빠와 함께 병원에 갔고, 수술이 곧 시작되었다. 눈이 감겼다. 눈을 떴더니 모든 것이 끝나 있었다. 꿈도 꾸지 않았다. 변한 것은 없었다. 1시간 정도 잠들었다가 깼을 뿐. 회복하는 동안 많은 생각이 들었다. 많은 것이 그대로였다. 아니 거의 모든 것이 그대로였다. 세상이 바뀌지도 않았다. 내 인생에도 생각만큼 큰 변화는 없었다. 죽지도 않았고, 얼굴이 크게 변하지도 않았다.

다만 나 스스로 나를 지키기 위해 무엇이든 할 수 있다는 것. 그 사실 하나만으로 위안이 되었다.

이제 나는 나를 학대하는 대신 스스로를 아껴주려고 한다.

회식 사건 1심 결심공판 의견서를 쓰다

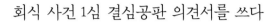

그런 와중에 2020년 4월 14일 회식 중 술에 취해 의식을 잃은 나를 모텔로 끌고 가 성폭력(준강간치상 혐의)을 저지른 가해자의 1심 결심공판일이 가시적으로 다가왔다.(실제 선고는 2021년 1월 14일 이뤄짐.) 재판 과정에서 나는 증인으로 참석해 두렵고 떨리는 마음으로 증언했다. 많은 사람들이 지켜보는 앞에서 나의 피해에 대하여 증언하는 것은 그 자체로 숨이 막히도록 끔찍하고 잔인한 과정이었다. 그러나 그날의 시간을 통해 나는 또 한 번 위로를 받았다.

기자들을 피해 나를 보안 구역으로 안내해주셨던 법원 직원분께서는 힘내라며 주머니에서 초콜릿과 사탕을 한주먹 가득 꺼내 건네주셨다. 조성필 재판장님께서는 피고인 측 변호사가 나를 공격하는 질문을 할 때 단호하게 중지시켜주셨고, 재판 말미에 "3년 동안 성폭력 전담 재판부에서 일하면서 많은 피해자들을 보았다. 이것은 당신의 잘못이 아니다."라고 위로해주셨다. 피해자로서 결심공판 의견서를 쓰면서 재판장님께 감사의 말씀을 특별히 전한 것은 그 때문이다. 전문은 아래와 같다.

존경하는 재판장님, 지난 기일에 재판장님께서 보여주신 위로와 응원 덕분에 저는 제 안에 응어리졌던 한과 죄책감을 조금이나마 내려놓을 수 있었습니다. 세상에 영향력 있는 누군가가 저에게 잘못이 없다고 말해주시는 것이 저에게는 큰 위로와 힘이 되었습니다. 다시 한번 감사의 말씀을 전합니다.

재판장님께서 보듬어주신 마음의 위안으로 씩씩하게 잘 살아보려고 했지만, 저는 여전히 괴로운 일상을 반복하고 있습니다. 밤새 불면과 악몽에 시달리고, 아침에는 꿈보다 끔찍한 현실을 깨닫고 눈을 뜨는 것이 괴롭습니다. 약을 먹지 않으면 자꾸 극단적인 생각이 들어서 억지로 밥을 먹고, 그 약 기운에 저는 아무것도 할 수 없이 하루 종일 멍한 상태로 하루를 지냅니다.

피고인이 저에게 저질렀던 범죄 사실이 없었다면 오늘 저의 일상이 어떠했을지에 대해 한번 깊이 살펴주시기를 부탁드립니다. 저는 모든 것을 잃었습니다. 과거에 성실하게 쌓아왔던 노력의 산물들을 잃었고, 현재에 누릴 수 있는 행복들을 잃었으며, 미래를 꿈꾸는 소망을 잃었습니다. 평범하게 출근하여 주어진 일들을 처리하고, 동료들과 점심을 먹고, 산책을 하고, 퇴근하여 친구들을 만나 즐거운 시간을 보내고, 가족들과 웃으며 휴식을 취하는 보통의 삶을 잃었습니다. 저는 앞으로 어떻게 살아야 할지 막막하고, 하루에도 몇 번씩 눈물을 흘리며 삶을 비관하고 있을 뿐입니다.

증인 출석 이후 피고인을 포함하여 평소 알고 지내던 지인들에게 성폭행을 당하는 꿈을 며칠 동안 연이어 꾸었습니다. 피고인이 아니었다면 겪지 않아도 될 끔찍하고 괴로운 경험을 8개월이 지난 지금까지도 여전히 겪고 있습니다.

박 전 시장에 대한 고소 이후 벌어지고 있는 심각한 2차 가해에 대해서도, 피고인의 범죄 사실이 있지 않았다면 제가 세상에 더욱 떳떳하고 당당하게 맞설 수 있었을 텐데 피고인의 범죄로 인해 저는 감당할 수 없는 추측과 비난으로 더욱 괴로운 시간을 보내고 있습니다.

저를 이토록 힘겹게 만든 피고인이 저지른 죄에 합당한 처벌을 받지 않는다면 저는 얼마나 더 낙심하고 상처받게 될지 상상도 할 수가 없습니다. 부디 피고인이 지은 죄에 합당한 형량의 처벌을 받고, 그 기간 동안 피고인은 마음 깊이 죄를 뉘우치고, 저는 피고인을 용서할 수 있도록 충분한 시간을 주시기를 부탁드립니다.

존경하는 재판장님, 그리고 판사님들, 피고인도 딸아이가 있는 아버지입니다. 그러나 그 딸아이 한 명의 앞날만을 위해 피고인이 받아야 마땅한 벌을 감형하는 것이 아니라, 오히려 그 딸아이와 저를 포함한 이 세상 모든 딸들의 앞날을 위해 국민의 법감정에 부합하는 정의로운 판결을 내려주시기를 간곡하고 진지하게 요청드립니다.

존경하는 재판장님, 저와 같은 억울한 피해자들이 판사님 덕분에 세상의 정의로움을 느낄 수 있도록 저에게 주셨던 위로를 세상의 많은 피해자들에게도 비춰주시기를 부탁드립니다.

마지막으로, 모든 것을 포기하고 내려놓고 싶었던 저를 도와주신 여성단체와 변호인단께 진심으로 감사드립니다. 저 혼자라면 절대로 여기까지 올 수 없었을 것입니다. 감사합니다.

2020년 12월 8일

고마운 마음을 쓰다

경희대 김민웅 교수, 민경국 전 서울시 인사기획비서관 등이 내가 쓴 편지를 자신들의 SNS에 공개해 막대한 2차 가해가 일어난 게 일주일 전쯤의 일이다. 그 편지엔 내 실명이 적혀 있었다. 그런데 고맙게도 나흘 전(2020년 12월 26일), 이대호 전 서울시 미디어비서관 등 고 박원순 전 서울시장 선거운동 캠프에서 일했던 여덟 분이 모여 '박원순을 지지했고 피해자 2차 가해에 반대하는 사람들의 입장문'을 발표했다. 이들은 지지 서명을 받는다고도 했다.

여덟 분은 최근 불거진 SNS상 피해자 실명 노출 논란에 대해 "지속적으로 이어지는 피해자에 대한 2차 가해가 반드시 중단되어야 한다."며 "이 생각에 공감하신다면 동의 서명을 부탁드린다."고 밝혔다. 눈물나도록 고맙고 감동적인 일이다. 입장문에서 이분들은 "저희는 2018년 고 박원순 서울시장의 선거 캠프에서 일했다. 그만큼 살아생전 고인의 정책과 정치 활동을 지지했다. 같은 이유로 지속적으로 이어지는 피해자에 대한 2차 가해가 반드시 중단되어야 한다."는 말씀을 하셨다.

살다 보면 가끔, 혹은 자주 기대에 미치지 못 하는 일들을 마주한다. 하지만 기대하지 않았던 감동적인 일도 일어난다. 늘 준비는 하고 있었지만 꺼내지 못했던 말, 그러나 이제는 언제라도 할 수 있게 된 말들을 적어본다.

이 글은 경찰 조사 결과, 그간의 조사 내용이 구체적으로 발표되어 내가 피해자라는 사실을 인정해줄 것을 기대하고 준비했던 글이다. 그러나 경찰은 내가 고소한 사건에 대해 '공소권 없음'이라고 발표하는 데 그쳐 오히려 심각한 2차 가해를 야기했다.

실제 존재했던, 거짓 없는 진실이 진실의 자리를 찾는 데까지 오랜 시간이 걸렸습니다.
시간이 약이라는 주변 사람들의 조언과 달리 최근까지 이어지는 잔인한 2차 가해 속에서 날이 갈수록 점점 더 끔찍한 시간을 보내왔습니다.
실체적 진실에 관한 사회적 합의가 절실했습니다.
이번 발표를 통해 이제는 마음속 응어리를 조금 내려놓고 새로운 삶을 살기 위해 노력하겠습니다.
늦었지만 참 다행입니다.
무자비한 2차 가해에 강경하게 대응할 수 있는 근거가 되기에 다행입니다.

지난밤 홀로 눈물을 흘리며 베개를 적셨을 수많은 성폭력 피해자들에게 용기가 되기에 다행입니다.

그동안 고생해주신 지원단체, 변호인단, 그리고 저를 응원해주시는 모든 분들께 감사드립니다.

2020년 12월 30일

국가인권위원회 직권조사 피해자 의견서를 쓰다

_____

_____

_____

국가인권위원회가 박원순 서울시장 성폭력 사건을 직권조사하기로 결정한 것은 2020년 7월 30일의 일이다. 그 뒤 6개월이 흐른 오는 1월 25일 직권조사 결과가 발표될 예정이었다.

인권위원회 면담조사에 나는 두 차례 응한 바 있다. 듣기로는 서울시 전·현직 직원 및 지인에 대한 참고인 조사(총 51명), 서울시, 경찰, 검찰, 청와대, 여성가족부가 제출한 자료 분석, 피해자 휴대전화에 대한 디지털 포렌식 감정 등을 통해 최대한 객관적으로 사건의 실체를 밝히려고 노력했단다. 인권운동과 관련된 인사들은 박 시장과의 관계가 상상 그 이상으로 두터울 것이다. 그들의 진의를 그대로 믿어도 좋을까. 과연 그들이 이 사건을 인권침해라고 판단해줄까. 나는 마지막 남은 몇 가닥 지푸라기라도 잡는 심정으로 피해자로서 장문의 피해자 의견서를 써서 제출했다. 전문은 아래와 같다.

위원님들 안녕하세요, 위원회의 결정을 앞두고 간절한 마음으로 저의 심정을 전해 위원님들께서 조금이나마 정의로운 판단을 해주시길 바라며 이 글을 쓰게 되었습니다.

최근 경찰의 모호한 수사 결과 발표 후 극심한 2차 가해에 시달렸습니다. 고인의 측근들은 저에 대한 비난을 SNS에 게재했고, 언론과 인터뷰하였으며, 지지자들은 측근들의 확신에 찬 어투를 믿고 확인되지 않은 사실('어떤 행위도 없었다', '무고', '살인녀' 등)을 각종 커뮤니티에 적극적으로 게시하였고, 마치 누군가 계획한 듯 발표 이후 일부 웹사이트에는 제 사진과 동영상이 갑자기 게재되었습니다.

바로 다음 날 검찰 발표가 있었습니다. 고인의 사망 경위에 본인 스스로 저지른 잘못이 무엇인지, 그 피해자가 누구인지, 사안이 얼마나 심각한지 모두 인지했다는 것을 알 수 있었습니다. 그 발표만으로 저를 향한 2차 가해는 상당 부분 줄어들었습니다. 측근과 지지자들도 부정할 수 없는 고인의 인정에 유구무언인 상태가 된 듯 보였습니다.

6개월이 넘도록 신상털이와 마녀사냥은 날마다 더욱 심해졌습니다. 이제는 그 일들을 견뎌낼 힘이 얼마 남지 않은 것 같습니다. 잘못한 것이 없는 제가, 주어진 자리에서 최선을 다해 살아보려던 제가 왜 이렇게 숨어서 숨죽이고 살아야 하는지 잘 모르겠습니다.

저의 마지막 희망은 국가인권위원회의 직권조사 결과 발표입니다. '인권'을 보호하기 위한 기관으로부터 저의 침해받은 '인권'에 대해 확인을 받는 것이 이 혼란 중에 가해지는 잔인한 2차 가해 속에서 피 말라가는 저의 심신을 소생시킬 첫걸음일 것입니다. 누군가를 처벌하기 위한 사실확인이 아닌, 누군가의 삶을 살리기 위한 사실확인을 통해 우리 사회의 혼란을 잠재워주시기를 부탁드립니다.

현재 상황을 보면, 제가 당시 각각의 상황에 공식적으로 문제 제기를 하지 않았던 것이 얼마나 현명한 처사였나를 가늠하게 합니다. 故 박원순 시장을 지키기 위해서 모든 방법을 동원하여 현재 저를 상처 주고 있는 사람들은 그들이 지금까지 누려온, 그리고 앞으로 누릴 모든 것을 위하여 제 인생을 망칠 것이 분명하다고 추측했고, 오늘날 그 추측은 상당한 정도로 합리적이었음이 드러나고 있다고 생각합니다.

그래서 참았습니다. 좋게 넘어가려고 했습니다. 저의 안전 때문에, 저의 자존감 때문에, 저의 커리어 때문에 모든 것을 숨기고 싶었습니다. 저를 지키기 위해서는 숨기는 것만이 최선이었습니다. 내부에 저의 작은 신음을 내비칠 때마다 관심을 가져준 사람이 없었고, 그들의 주군을 더욱 보호하는 데 힘썼습니다. 그래서 저는 더 이를 악물고 웃으며 참았습니다.

다른 사건 때문에 앙심을 품은 것이 아니냐는 의혹이 있습니다. 그 사건 이후 정신과 진료를 받으며 제가 그동안 겪어왔던 일들이 저에게 미친 영향을 명확하게 알게 되었고, 저는 많이 힘들었습니다. 악몽의 주인공이 둘로 바뀌어 번갈아 나왔습니다. 악몽에서 깨어도 또 다른 악몽이 지속되었습니다. 꿈을 꾸다가 잠을 깨어도 또 다른 꿈으로 이어지는 꿈을 꾸는 것이 너무나 고통스러웠습니다. 이런 상황에서 제가 그동안 겪어온 일들에 대해 법적인 문제 제기를 한 것이 그토록 이해와 공감을 받지 못할 일은 아니라고 생각합니다.

함께 일하던 동료가 고통과 아픔을 겪을 때, 적어도 4년의 시간을 함께한 동료들과 절대적인 인사권자였던 시장이 합리적인 의사결정을 내리지 않고 사건을 은폐하기 위해 온갖 시도를 하는 정황을 지켜보면서 매우 괴로웠습니다. 비서실 소속의 직원이 성폭행 송사에 휘말린다는 리스크를 없애려고 당시 휴직을 원했던 가해자의 의도와 상관없이 상부에서는 공식 인사이동 시기도 아닌 때에 소속 변경부터 서두르는 것을 보면서 확신했습니다.

저의 피해가 가중되었기 때문이라는 일차원적 문제가 아닙니다. 이러한 일련의 사실을 직접 경험한 시민의 한 사람으로서 각각의 문제에 대해 직접 문제 제기를 하는 것이 제가 몸담고 있고, 제가 앞으로 살아가야 할 서울시에 적합한 조치라고 판단했습니다.

약자의 보호와 인권을 강조해오던 그들은 정작 중요한 순간에 본인들의 지위와 그를 통해 누려온 것들을 지키는 것이 가장 중요한 사람들이었습니다. 지금 벌어지고 있는 저를 향한 다양한 공격들도 그간 여성과 인권을 보호한다고 주장했던 故 박원순 시장과 그 보좌진을 둘러싼 이중적이고 위선적인 모습을 계속해서 드러내는 행태라고 생각합니다.

하지만 이제 아닌 것은 아닌 것이라고 말하는 사회가 되기를 원합니다. 인정할 것은 인정하고, 반성하고, 사과하고, 용서하는 사회로 나아가기를 바랍니다.

저는 거짓으로 누군가를 아프게 할 만한 어떠한 동기도 가지고 있지 않은 사람입니다. 모두가 사실을 사실대로 받아들이고, 지금 이 순간에도 고통받고 있을 또 다른 누군가를 위해 우리 사회가 다시는 이와 같은 잘못과 상처를 반복하지 않도록 제도 개선에 힘써주십시오.

제가 적극적으로 시장실 업무의 모든 상황에 임했던 부분과 관련, 저는 사회적으로 주어진 제 소임에 충실했을 뿐이라는 것을 강조하고 싶습니다. 제가 억울하고 괴로운 시간을 보내고 있다고 해서, 사회적으로 평가받는 모든 시간에 나태하거나 불량한 근무 태도를 가질 수는 없습니다. 그것이 제가 저의 삶을 대하는 태도입니다.

저는 제가 전처럼 밝고 적극적인 태도를 가진 삶으로 돌아갈 수 있기를 원합니다. 그리고 많은 분들의 도움으로 저는 곧 그를 이룰 수 있을 것이라고 기대하고 있습니다. 부디 위원님들께서도 저의 고통에 공감하고, 더 나은 사회를 위한 결정에 힘을 보태주시기를 부탁드립니다.

긴 글 읽어주셔서 감사합니다.

2021년 1월 11일

국가인권위원회는 2021년 1월 25일 저녁 박원순 시장의 행위가 성희롱에 해당한다고 발표했다. 사건에 대한 국가기관의 명확한 판단을 기대했는데, '성희롱'이라는 단어로 내가 겪은 피해를 축소하려는 것처럼 느껴져 다시금 절망스러웠다. 그러나 당사자가 고인이 되어 방어권을 행사할 수 없는 상황을 고려해 최대한 보수적으로 판단한 결과임에도 나의 피해 사실들이 대부분 인정받았다는 점에서 의미를 찾으려고 했다.

국가인권위원회는 인권위법상 '성희롱은 성추행을 포함하는 개념'이라고 설명했지만, 일반인이 받아들이기에 '성희롱'과 '성추행'의 의미는 명확히 다르기 때문에 나는 '성희롱 피해자'라는 새로운 옷을 입고 심각한 2차 가해에 시달리고 있다. 인권위는 공교롭게도 2020년 7월 이후 '성추행'이라는 표현을 쓰지 않기로 결정했다고 한다.

남인순 의원에게 보내는 호소문

―――――――――――

―――――――――――

―――――――――

국회의원 남인순은 피소 사실 유출에 분명히 책임이 있는 사람이다. 남인순 의원의 잘못된 판단과 행동의 결과 박원순 시장은 나에게 저지른 성추행, 성희롱 가해에 대한 책임을 지지 않고 죽음으로 도피했고 나는 유력한 정치인을 죽음으로 몰아간 '살인녀' 등의 공격과 음해를 고스란히 감내해야 했다.

나는 잘 몰랐지만 국회의원 남인순은 여성운동을 주도한 여성계 대모로 불리던 사람이라고 한다. 그런 사람이 어떻게 극비의 보안 속에서 진행된 박원순 시장 고소 사실을 미리 알고 임순영 젠더특보에게 통보를 했을까.

북부지검 수사 결과에 의하면 상황이 긴박하게 돌아가던 2020년 7월 7일, 김재련 변호사님과 연락을 주고받은 이미경 소장님께서 공동대책위를 꾸리는 논의를 하기 위해 한국여성단체 연합 대표와 한국여성의전화 대표를 만나셨다고 한다. 그 자리에서 박 시장 성폭력 피해자 지원에 대한 논의를 했다고 한다. 그런데 논의에 참석했던 한국여성단체연합 대표가 상임대표 김영순 씨에게 보고했는데 김영순 씨가 그 내용을 남인순 의원에게 알렸다는 것이다. 김영순, 남인순, 임순영 루트로 성폭력 사건 고소 사실이 시장 측에 전해진 후 임순영 특보가 이미경 소장님에게 '오늘 저녁, 단체들이 김재련 변호사 사무실에서 만나기로 했냐'는 내용의 연락을 했다고 한다. 이미경 소장님이 직감적으로 유출 사실을 짐작하고 그 즉시 한국여성단체연합은 대책위에 참여하지 못하도록 조치하셨다고 했다.

남인순 의원은 그렇게 중간에서 피소 사실 유출의 다리를 놓고도 자신의 잘못을 인정하지 않고 변명으로 일관하고 있다. 심지어는 시장님 자살 이후 성폭력 사건이 알려진 이후 나를 '피해호소인'이라고 지칭하면서 2차 가해를 하기도 했다. 그런 사람이 뻔뻔하게 서울시장 후보 박영선 캠프에서 다시 여성 인권을 부르짖는 모습을 언론을 통해 보면서, 감정을 제어하기 어려웠다. 피해자로서 남인순 의원을 상대로 호소문을 쓰지 않을 수 없었다. 호소문에서 나는 남인순 의원의 사과와 의원직 사퇴를 요구했다. 전문은 아래와 같다.

남인순 의원님, '그날의 잘못'에 책임지는 행동을 촉구합니다.

검찰 조사 결과 여전히 의문은 남아 있습니다. 7월 당시 임순영 젠더특보의 '복수의 경로로 들었다'는 말이 소명되기 부족한 조사 결과였다고 생각합니다.

그러나 적어도 남인순, 김영순, 임순영 세 사람에 의해 7월의 참담함이 발생했고, 오늘까지 그 괴로움이 지속되고 있다는 점에서 이 상황에 책임지는 행동이 반드시 필요합니다. 세 분의 잘못된 행동의 피해자는 저 뿐만이 아닙니다. 여성운동과 인권운동에 헌신하며 인생을 바치는 사람들에게 충격이 되었고, 의지할 곳 없이 여성단체의 도움을 받았던 저와 같이 연약한 피해자들에게 두려움과 공포가 되었을 것입니다.

고소장을 접수하기도 전에 상대방에게 고소 사실이 알려질 수 있다는 사실이 다시 생각해도 너무 끔찍합니다. 남인순 의원께서는 피소사실과 피소예정사실이 다르다는 프레임을 만드시려는 것 같은데, 피소사실보다 피소예정사실 누설이 더 끔찍하고 잔인하며, 대한민국에서 그런 일이 벌어졌다는 것에 대한 분노가 더 크다는 사실을 모르시는 것 같습니다.

피해자가 10시간 조사를 받는 중에 피의자 쪽에서는 대책 회의를 통해 이미 모든 상황을 논의하고 그로부터 하루가 지나지 않아 시신으로 발견되었습니다. 계획대로 압수수색이 이루어졌다면 이런 일은 없었을 것입니다. 저는 법적인 절차를 밟아 잘못된 행위에 대한 사과를 받고, 상대방을 용서할 수도 있었을 것입니다. 그 모든 기회를, 세 분이 박탈했습니다.

저는 이번 조사에서도 가명으로 모든 절차를 밟았습니다. 그런데 고소장을 접수하기도 전에 4월 사건의 피해자라는 신원이 특정되었고, 대책회의를 통해 내부 직원들이 이 사실에 대해 이미 알게 되는 상황에 이르렀습니다. 이러한 일들이 벌어지는 이곳이 진정 법치국가입니까? 저를 보호하기 위한 시스템은 제대로 작동한 것이 맞습니까? 여성과 약자들의 인권을 보호하겠다고 앞장선 사람들의 안중에 저는 없었습니까?

피해자를 보호하고, 피해자의 편에서 상처를 보듬어줘야 할 대표성을 지닌 세 분이 함구하고 적극적으로 가해자를 보호함으로써 2차 가해 속에 저를 방치했다는 사실이 너무나 원망스럽습니다. 6개월이라는 시간 동안 기회는 많았습니다. 무자비한 2차 가해 속에 양심선언을 하면서 저를 지켜줄 수 있는 방법과 시간이 충분했습니다.

남인순 의원님은 '피해호소인'이라는 말도 안 되는 신조어를 만들어 저의 명예를 훼손시켰고, 더욱 심각한 2차 가해가 벌어지도록 환경을 조성했습니다. 이제라도 본인이 알고 있던 사실에 대해 은폐했던 잘못을 인정하고, 저에게 진심으로 사과하고 의원직을 내려놓으십시오. 당신의 자리는 당신의 것이 아닙니다. '여성'과 '인권'의 대표성을 지닌 자리입니다. 당신은 작년 7월, 그 가치를 포기했습니다.

국회의원은 자기 진영을 보호하기 위한 자리가 아닙니다. 국민의 대표로 국민을 대변하는 자리입니다. 당신의 지난 인생 전체를 부정하는 행동을 이제 그만 멈추시길 바랍니다.

2021월 1월 17일

우상호 의원님께

―――――――――

―――――――――

―――――――――

　자기 당 인사에게 귀책사유가 있을 때는 후보를 내지 않는다는 당헌·당규를 어겨가면서까지 민주당은 박원순 시장의 죽음으로 치러지게 된 서울시장 보궐선거에 후보를 내기로 했다. 그러던 중 당내 경선에 나선 후보 중 한 사람인 우상호 의원이 박원순 시장의 유족을 공개적으로 위로하는 글을 올렸다.

　우상호 의원에게 피해자인 나는 안중에도 없는 것일까. 피해자와 피해자 가족의 마음을 조금이라도 생각했다면 저런 언행을 어찌할 수 있었을까. 그날은 설 연휴 직전이었고, 나는 당시 불행히도 검찰에서 진행중인 박원순 시장 성추행 사건 관련 포렌식에 입회하던 중이었다. 박 시장 사망으로 '공소권없음 의견'으로 송치되었지만 담당 검사님께서 포렌식을 한 번 더 해보겠다고 했고, 무엇이든 증거를 확보할수만 있다면 발가벗고 광화문 광장에서 있어도 좋다는 심정이었던 나는 변호사님과 함께 대검 포렌식에 이틀 연속 참여하면서 이미 마음이 갈기갈기 찢어진 상태였다. 다른 사람들은 모두 모여 행복을 나누는 명절임에도 우리 가족의 마음은 갈기갈기 찢어져 갈 곳을 잃었다. 우상호 의원에게 짧은 항의성 글을 써서 발표했다. 전문은 아래와 같다.

누군가에 대한 공감이 누군가에게는 폭력이 되기도 합니다.
의원님은 이렇게 썼습니다.
"얼마나 힘드셨을까? 어떻게 견디셨을까?"
유족에 대한 공감을 어찌 탓하겠습니까.

그런데 유족에 대한 의원님의 공감이 피해자인 저와 제 가족에게는 가슴을 짓누르는 폭력입니다. 전임 시장의 정책을 계승한다고 하셨지요.
공무원이 대리처방을 받도록 하고 시장의 속옷을 정리하게 하고 시장 가족들이 먹을 명절 음식을 사는 일들도 정책으로 계승하실 건가요.
우 의원님이 시장으로 출마하려는 서울시 소속 공무원이자 국가인권위, 검찰, 법원이 인정한 박원순 사건 성추행 피해자인 제가 하루하루를 견뎌내며 겨우 살아내고 있습니다.
우상호 의원님의 글 덕분에 피해자인 저와 제 가족들은 다시금 가슴을 뜯으며 명절을 맞이하게 되었습니다.
의원님께서 이를 악물고 계시다니 일터로 영영 돌아오지 말라는 말로 들려 막막하기만 합니다.

부디 이번 서울시장 후보자 분들께서는 과거에 머물지 마시고, 반성과 성찰을 바탕으로 더 나은 서울을 만들어주시기를 부탁드립니다.

2021월 2월 10일

4부

카라멜 마끼야또

피해자로서 어느 순간부터 당당해지고 싶어졌다. 나는 떳떳하다고 말하고 싶었다. 피해자로 살아가는 일에 대해서. 사람들이 들었으면 하는 말에 대해서. 그래서 대책위분들께 내 생각을 말씀드렸다.

안전하고 적절한 형식만 주어지면 기자들 앞에서 말하고 싶다고. 그러자 고맙게도 선생님들이 내 마음을 이해해주시고 의지를 지지하면서 용기를 주셨다.

기자회견(말하기 행사)을 하기까지 나와 가족들, 대책위는 정말 많은 시간 고민을 했다. 결정해야 할 일들이 많았기 때문이다. 크게는 기자회견을 할지 말지, 한다면 어떤 내용을 담을지, 어느 선까지 대중 앞에 노출할지. 하겠다는 결정을 내리고도 세부적으로 고려할 것들이 많았다.

이 일을 왜 하고자 하는가. 이 시점에서 나는 왜 이런 결정을 하려고 하는가. 내가 할 수 있는 일은 무엇일까. 수없이 고민했다. 답을 내린 결정에 대해서도 계속해서 질문했다.

줌 회의도 계속되었다. 구간을 반복하여 재생하듯 같은 내용에 대해 거듭 고민하고 의견을 교환하며 생각을 다져갔다. 중요한 결정을 앞두고 정신적으로 많이 힘들었다. 다섯 명의 가족과 일곱 명의 대책위. 의견들이 각각 달라서 모아가는 과정이 힘겨웠다.

"나랑 누나는 누가 커피를 사준다고 하면 무조건 아메리카노를 말하잖아. 사실은 카라멜 마끼야또를 좋아하면서. 나는 누나가 이제 카라멜 마끼야또를 먹고 싶다고 당당하게 말하면 좋겠어."

어렸을 때부터 그랬다. 내가 정말 먹고 싶은 것이 있어도 상대방에게 부담이 되지는 않을까부터 먼저 고민했다. 어떤 선택을 할 때 나의 마음보다 모두의 생각, 모두의 마음을 헤아렸다.

이번 결정도 그렇다. 그래서 오랜 시간 고민하는 나에게 동생은 카라멜 마끼야또 이야기를 해주었다. 다른 것보다 나 자신을 먼저 생각하고 나 자신을 위해 이야기하는 내가 되었으면 좋겠다는 말이었다. 이 말을 들은 후로 나는 고민이 되는 상황에서 계속 카라멜 마끼야또를 떠올렸다. 지금 나의 카라멜 마끼야또는 무엇인가.

나는 누군가가 원하는 대로 나를 한계 짓고 싶지 않았다. 힘 있고 유명한 사람들이 똘똘 뭉쳐서 현존하는 사실을 무시하고 상식을 무너뜨리려고 할지라도, 나는 무너지지 않을 것이라는 믿음을 보여주고 싶었다. 나라는 사람이 여기 이렇게 똑바로 서 있다고 말하고 싶었다. 잘못된 것은 잘못되었다고 말하고 싶었다. 그것이 최우선이었다.

말하기 행사 원고는 다섯 번에 걸쳐 수정했고, 질의응답에 대해서는 전날 가족들이 모여 머리를 맞대고 답변을 준비했다. 내가 원하는 것이 분명할 때 나를 지지해주는 가족이 있고, 나의 생각들을 효과적으로 잘 표현할 수 있도록 도와주는 지원단체가 있어서 든든했다.

그리고 나는 결국 2021년 3월 17일, 많은 분의 도움으로 카라멜 마끼야또를 먹고 싶다고 이야기했고, 동생은 이렇게 말했다.

"카라멜 마끼야또 주문까지 너무 험난했지만 내 마음이 다 후련해."

그리고 여전히 계속되는 고민에 대해서 동생은 이렇게 말한다.

"카라멜 마끼야또, 알지?"

피해자 말하기 행사

앞에서 짧게 설명하긴 했지만 피해자 말하기 행사가 기획되기까지의 과정에 대한 설명은 김재련 변호사님이 그 무렵 남긴 메모글을 인용하는 걸로 대신하는 게 좋겠다는 생각이 든다.

'그녀는 기자들 앞에 서겠다는 결심을 굳힌 것 같다. 꼭 하고 싶은 말이 있고 그 말을 하지 못하면 평생 후회가 남을 것 같다고 한다. 우리는 모두 그녀의 최종 결심을 지지했다.

대책회의에서 기자회견을 하면 어떤 방식으로 그녀의 말하기가 안전하게 이루어지도록 할지 고민에 고민을 거듭했다.

나는 가끔 똑똑하고 당찬 그녀가 얼굴을 드러내고 전사의 삶을 살았으면 좋겠다는 말을 하기도 했다. 그러나 보통의 삶을 평화롭게 살아왔던 그녀와 그녀 가족들에게 그녀가 대중 앞에 서는 것은 쉽지 않은 일이었던 것 같다.

그녀가 기자들에게 말하기를 하되, 비공개로 하고 그녀의 모습을 촬영하지는 않는 것을 약속받고 사전에 신청한 기자들을 선정해서 기자회견이 진행되었다.' – 변호사 김재련의 메모

첫 번째 말하기

그분의 위력은 그의 잘못에 대해 그 사람을 향하여 잘못이라 말하지 못하게 만들었습니다.

그분의 위력은 그의 잘못을 다른 사람들에게 말할 때 그 내용을 다듬고 다듬으며 수백 번 고민하도록 만들었습니다.

그분의 위력은 그의 잘못이 점점 심각한 수준이 되더라도 그 무게를 온전히 제가 감내하도록 만들었습니다.

그분의 위력은 그의 잘못으로 인해 제가 겪는 피해보다 그 사람이 가진 것을 잃었을 때 제가 직면하게 될 어마어마한 상황을 두려워하도록 만들었습니다.

그분의 위력은 그가 세상을 떠난 이후에도 그의 잘못을 인정하지 않는 사람들로 인해 저를 지속적으로 괴롭게 하고 있습니다.

그분의 위력은 자신들만이 정의라고 생각하는 사람들이 무자비하게 저를 괴롭힐 때에 그들의 이념을 보호하기 위한 수단으로 활용하도록 저를 괴롭히는 일에 동조하도록 하였습니다.

그분의 위력은 여전히 강하게 존재합니다.

2021년 3월 17일

두 번째 말하기

안녕하세요, 저는 고 박원순 서울시장의 위력 성폭력 피해자입니다.

그동안 지원단체와 변호인단을 통하여 입장을 발표해 온 제가 제 안에 참아왔던 이야기를 나눌 수 있게 되기까지 저와 가족들, 지원단체와 변호인단은 수없이 고민했고, 그 시간들이 겹겹이 모여 용기를 갖고 이 자리에 서게 되었습니다.

성폭력 피해자에게 있어 말하기는 의미 있는 치유의 시작이라고 합니다. 저는 자유의지를 가진 인격체로서, 그리고 한 사건의 피해자로서 제 존엄의 회복을 위하여 더 늦기 전에 하고 싶은 말을 꼭 해야겠다는 마음을 갖게 되었습니다. 제가 일상으로 돌아갔을 때, 저는 당당하고 싶습니다. 긴 시련의 시간을 잘 이겨내고 다시 제 자리를 찾았다고, 스스로를 다독여주고 싶습니다. 오늘 그를 위해 할 수 있는 모든 말들을 하고 싶습니다.

제가 일상으로 돌아가기 위해 필요한 것에 대해 긴 시간 고민해온 결과, 저는 깨달았습니다.

저의 회복에 가장 필요한 것은 용서라는 것입니다.

용서란 지은 죄나 잘못한 일에 대하여 꾸짖거나 벌하지 아니하고 덮어 준다는 의미를 가졌습니다.

용서를 하기 위해서는 '지은 죄'와 '잘못한 일'이 무엇인지 드러나는 게 먼저라는 뜻이기도 합니다.

제가 겪은 사실을 사실로 인정받는 것, 그 기본적인 일을 이루는 과정은 굉장히 험난했습니다.

극단적인 선택으로 인해 가해자와 피해자의 자리가 바뀌었고, 고인을 추모하는 거대한 움직임 속에서 우리 사회에 저라는 인간이 설 자리가 없다고 느껴졌습니다. 그 속에서 제 피해 사실을 왜곡하여 저를 비난하는 2차 가해로부터 저는 쉽게 벗어날 수 없었습니다. 그러나 분명한 사실은 이 사건의 피해자는 시작부터 끝까지 저라는 사실입니다.

아직까지 피해 사실에 관한 의문을 제기하는 분들께서 이제는 소모적 논쟁을 중단해주시기를 간곡히 부탁드립니다. 방어권을 포기한 것은 상대방입니다. 고인이 살아서 사법 절차를 밟고, 스스로 방어권을 행사했다면 조금 더 사건의 진실에 가까워졌을 수 있었다고 생각합니다. 고인의 방어권 포기로 인한 피해는 온전히 제 몫이 되었습니다. 피해 사실을 인정받기까지 험난했던 과정과 피해 사실 전부를 인정받지 못하는 한계, 그리고 이 상황을 악용하여 저를 비난하는 공격들. 상실과 고통에 공감합니다. 그러나 그 화살을 저에게 돌리는 행위는 이제 멈춰주셨으면 좋겠습니다.

저는 북부지검 수사결과와 서울중앙지법 판결을 통해 제 피해의 실체를 인정받았습니다. 그리고 지난주 비로소 60쪽에 달하는 국가인권위원회 결정문을 받아보았습니다. 저는 제가 할 수 있는 한 최선을 다하여 조사에 임했고, 일부 참고인들의 진술 등 정황에 비추어 진술의 신빙성을 인정받았습니다. 이 자리를 빌려 인권위 조사에서 사실을 사실대로 증언해주신 많은 분에게 감사의 인사를 전하고 싶습니다. 그리고 사실이 사실의 자리를 찾기까지 힘써주신 대책위와 288개 단체가 모인 공동행동, 그리고 저를 변호하고 대변해주신 변호인단, 지지해주신 많은 분께도 감사드립니다.

저는 그동안 제가 고소하기로 한 결정이 너무도 끔찍한 오늘을 만든 건 아닐까 하는 견딜 수 없는 자책감에 시달렸습니다. 그러나 이 고통의 시작도 제가 아닌 누군가의 '짧은 생각' 때문이었음이 드러났습니다. 이 일로 인해 우리 사회는 한 명의 존엄한 생명을 잃었고, 제가 용서할 수 있는 '사실의 인정' 절차를 잃었습니다.

'사실의 인정'과 멀어지도록 만들었던 피해호소인 명칭과 사건 왜곡, 당헌 개정, 극심한 2차 가해를 묵인하는 상황들.

처음부터 모두 잘못된 일이었습니다.

모든 일이 상식과 정의에 부합하지 않습니다.

저는 지금까지 이어지는 상식과 멀어지는 일들로 인해 너무도 괴롭습니다.

그럼에도 불구하고, 용서하고 싶습니다. 잘못한 일들에 대하여 진심으로 인정하신다면 용서하고 싶습니다.

지금까지도 존재하는 그분과 남은 사람들의 위력 때문에 겁이 나서 하는 용서가 아닙니다.

저의 회복을 위하여 용서하고 싶습니다.

그러나 지금의 상황에서 과연 제가 누구를 용서할 수 있는 것인지 의문이 들고, 오히려 직면한 현실이 두렵기까지 합니다.

저는 불쌍하고 가여운 성폭력 피해자가 아닙니다.

저는 잘못된 생각과 행동을 하는 사람들을 용서할 수 있는 존엄한 인간입니다.

사실에 관한 소모적인 논쟁이 아닌 진정성 있는 반성과 용서로 한 걸음 더 나아가는 사회를 볼 수 있기를 소망합니다.

저는 이번 사건의 이유가 무엇인지 잊혀 가는 이 현실에 답답함을 느낍니다. 저라는 존재와 피해 사실을 인정하지 않는 듯 전임 시장의 업적에 대해 박수치는 사람들의 행동에 무력감을 느낍니다. 이 사건을 정쟁의 도구로 이용하시며 사건의 의미를 퇴색시키는 발언에 상처를 받습니다.

거대한 권력 앞에 이건 아니라는 생각이 들 때, 그 즉시 문제 제기할 수 있는 사회를 만들어주십시오.

권력의 불균형 속에서 누군가 고통을 받는 일이 생긴다면, 모두가 약자의 고통을 공감하고 상처를 어루만지는 사회를 만들어주십시오.

여성과 약자의 권익을 위한 운동이 진영과 상관없이 사회적인 흐름임을 인정하고 그를 적극적으로 지지하고 지원하는 모습을 보여주십시오.

피해자가 조심하는 것이 아닌, 피해자가 좋게 에둘러서 불편함을 호소해야 바뀌는 것이 아닌,

가해자가 스스로 조심할 수밖에 없는 사회가 되기를 바랍니다.

그리고 세상의 많은 말 못 할 상처를 가진 외로운 피해자분들에게 전합

니다.

잠들기 전, 자꾸 떠오르는 불쾌한 일이 있다면, 그것은 옳지 않은 일입니다.

아무에게도 말하지 못하고 혼자 생각하다가 베개를 적시는 일이 있다면, 그것은 완전히 잘못된 일입니다.

애써 웃으며 넘어가려고 하지 마세요. 참다 보면, 돌이키기 어려운 순간이 생길 수 있습니다. 용기를 내십시오.

저를 지지하고 도와주신 많은 분 덕분에, 우리는 함께 한 걸음 더 나아가고 있습니다.

이제 더 많은 사람이 함께 모여 저벅저벅 나아가기를 기대합니다.

감사합니다.

2021년 3월 17일

그리고 삶

―――――――――

―――――――――

―――――――――

6개월 만에 일기장을 열어본다. 지나온 시간을 돌이키며 기억 속으로 찾아가 그때의 마음을 만져본다. 울컥한다. 일기를 남기지 못했던 6개월은 더욱 쓰라린 시간이었다. 아무것도 적지 못했다. 아무 생각도 하지 못했다. 삶을 내려놓고 싶었다.

12월의 어느 날 엄마에게 울면서 간절히 부탁했다. 제발 내가 하고 싶은 대로 하게 해달라고. 24시간 나를 지키는 엄마가 싫었다. 엄마가 없었다면 당장이라도 죽을 수 있을 거라고 생각했다. 삶을 포기하는 게 내가 할 수 있는 가장 쉬운 선택이라고 생각했다. 나를 괴롭히는 이들로부터 해방될 수 있는 유일한 방법이라고 생각했다. 그런데 그 편한 선택을 엄마는 계속 말렸다.

엄마가 나를 구속하는 느낌이 싫었다. 나의 아픔에 공감하면서도 나의 선택을 도와주지 않는 엄마가 미웠다. 언론에서 연일 모녀의 극단적인 선택에 대한 비보가 보도되던 시기였다. 엄마와의 심리적 거리가 멀어졌다. 엄마의 숨소리도, 기침 소리도, 밥 먹는 모습도 싫어졌다. 싸우는 일이 잦았다. 엄마에게서 벗어나고 싶었다. 미쳐가고 있었다.

의사 선생님께서는 힘들면 바로 입원 절차를 진행할 수 있으니 언제든 힘들면 바로 병원으로 오라고 하셨다. 그러나 나는 본능적으로 알았다. 엄마에게서 벗어나기를 결심하는 것은 죽음과 가까워지는 것이라는 것을. 병원에 가면 난 반드시 어떤 수를 써서라도 죽을 것이라는 것을 알았다.

결국 입원하지 않기로 결정했다. 죽고 싶지 않다는 것을 깨달았다. 그 뒤로도 지금까지 매일 24시간 나를 지켜준 엄마의 고통과 인내의 시간 덕분에 나는 죽음과 점점 멀어지고 삶과 조금씩 가까워지고 있다.

엄마 사랑해….

세상은 변했다

———————

———————

———————

왜 그랬을까? 그들은 나를 음해하는 동영상을 만들어 유포하고, 모두가 함께 생일 기념으로 썼던 편지들을 공개했다. 이해하려고 노력했다. 아직까지도 진심으로 그들을 이해하고 싶다. 그러나 1년이 지난 지금도 전혀 이해가 되지 않는다. 지금 이 상황은 적어도 고인이 바라는 현실은 아니었을 거라는 말에 그들도 묵묵히 고개를 끄덕일 것이라고 생각한다.

얼마 전 남양주시장의 생일파티를 준비하며 자괴감이 들었다는 직원들의 기사를 보았다. 세상은 변했다. 생일파티를 준비하는 것이 의전이자 업무의 연속이라고 여겨지던 때와는 많은 것이 달라졌다.

카메라에 포착된 순간의 이면에 대해, 편집된 영상의 전후 상황에 대해 대중은 모른다. 다만 악의적으로 편집된 그 영상만을 보고 싶은 대로 해석하는 현실이 답답했다. 내가 겪은 일에 대한 상황도 마찬가지다. 어느 순간만을 지켜본 누군가가 있다면, 그 순간이 내가 경험한 모든 순간을 묘사할 수는 없다는 말이다.

　카메라 뒤에는 30여 명의 비서실 직원들이 있었고, 대부분의 행사에서 그랬듯 그 날도 케이크를 자르기 위해 고인은 나를 콕 짚어 지목하여 옆으로 불렀다. 나는 당황했고, 다른 직원들을 불렀다. 아무도 오지 않았다. 나는 어쩔 수 없이 웃으며 행사에 임했고, 곧 비서실 영상팀이 촬영하는 공식적인 카메라 쪽으로 방향을 잡아드렸던 것이다.

　난 그분께서 나를 특별한 사람으로 대하는 사실이 드러나는 것이 두려웠다. 그래서 매사에 다른 직원들을 먼저 챙겼다. 오히려 둘만 함께하는 시간에 나에게 하는 이상한 행동들을 다른 직원들 앞에서 조금씩 보이려고 노력했다. 누구든 잘못된 일이라고 알아주길 바랐다. 스스로 알지 못하면 옆에서 누구라도 지적해 주길 기대했다. 내가 시장에게 요구해서 추행 등이 일어났다는 주장은 완전히 틀린 말이다. 단둘이 있을 때, 그가 나에게 늘 그렇게 해 왔기 때문에 직원들 앞에서도 이상하게 생각하지 않고 익숙하게 그런 행동을 할 수 있었던 것이다. 나는 그것을 보여주고 싶었다. 그 숨은 마음고생을 알지도 못하면서 내가 겪은 고통의 시간 중 일부 편집된 순간들을 보고 자신들이 믿고 싶은 대로 해석하려는 사람들은 무엇을 얻기 위함일까? 그렇게 함으로써 얻은 것이 무엇 하나 있는지 묻고 싶다.

심폐소생술의 딜레마

———————

———————

———————

죽음을 결심한 나에게, 죽음에 다다른 기로에서 심폐소생술이 진행됐다. 2020년 12월 30일 북부지검의 공무상비밀누설 관련 수사결과 발표였다. 그 전날 발표된 경찰 수사결과에 따라 지지자들은 나에게 비수가 되는 화살을 강하게 쏘고 있던 참이었다. 피의자가 사망하여 공소권이 없다는 결론에 이르고, 내가 고소하지 않았던 제3자 고발의 추행방조혐의에 대한 무혐의 결과였다.

그 결과는 결코 나의 경험이 없었던 일이라는 증거가 되지 않는다. 추종자들이 믿고 싶은 대로 수사결과를 가져다 물길을 낼 뿐이라는 것을 안다. 그렇지만 그것은 그대로 힘든 일들을 불러일으켰다. 가장 힘들었던 것은, 함께 웃으며 일했고, 몸과 마음을 바쳐 헌신했던 조직의 사람들로부터 화살이 쏘아질 때였다. 전 비서실장이었던 분은 또다시 나의 피해 사실에 대해 의문을 제기했다.

그 일이 신호탄이 되어 결국 온라인에는 다시금 내 사진과 편지들이 유포되기 시작했다. 누군가 작정하고 작전을 펼치듯 일사불란하게 움직였다. 그날의 고통을 잊을 수 없다. 한 인간, 존엄한 인격체에 대한 무분별하고 조직적인 공격이 어찌나 그토록 잔인할 수 있는지 매번 최고치를 넘기며 나를 괴롭혔다. 숨통이 조였다. 나의 소원은 하나였다. 스스로 삶을 내려놓을 용기조차 없는 지금, 나는 자다가 심장이 멈추는 것이 소원이었다. 그래서 약을 먹고 계속 자고, 또 잤다.

그 뒤 하루 만에 검찰에서 발표가 났다. 고소 관련 정보가 피의자 박원순에게 전달된 경로는 김영순(한국여성단체연합 상임대표)-남인순(국회의원)-임순영(서울시 젠더특보)이라고 했다. 그리고 내가 서울지방경찰청에서 조사를 받는 동안 열린 대책회의에서 박 시장은 "4월 이전에 (고소인과) 주고받은 문자가 문제될 소지가 있다."라고 했으며, 사망 당일 오전 "이번 파고는 넘을 수 없을 것 같다."고 했다고 말했다. 마음이 복잡했다. 모두가 원망스러웠다. 다행인가 싶기도 했다. 슬프고 절망스러웠다.

병원에서 6개월 동안 받은 심리치료는 박원순 시장의 죽음이 '나 때문이 아니다.'라는 것이었다. 그런데 수사 결과를 듣고 결국 사실은 '나 때문이었다.'라는 마음이 들어 너무도 절망스러웠다. 아직도 받아들일 수가 없다. 너무나 원망스럽다. 나는 내가 받은 피해에 대한 법적인 절차를 밟고, 용서하고 싶었을 뿐이다. 고소 사실이 시작부터 유출되어 결국 나는 법이 정해준 절차 속에서 나의 피해에 대해 말하고, 그 속에서 피해를 인정받고, 가해자를 용서하고 마음의 응어리를 내려놓을 수 있는 기회를 잃었다.

"이번 파고는 넘을 수 없을 것 같다."는 마음으로 생을 마감하게 된 이 끔찍한 비극을 누가 만들었는가. '누군가'의 자기 진영을 지켜야 한다는 욕심과 '누군가'의 피해자보다 가해자를 보호하려 했던 잘못된 판단, '누군가'의 이 모든 일을 죽음으로 끝낼 수 있다는 잘못된 결심이 없었다면 우리는 모두 지금보다 행복할 수 있었다. 우리는 지금보다 괴롭지 않을 수 있었다. 우리는 조금 더 살 만한 사회를 볼 수 있었다.

검찰의 발표가 없었다면 나는 추종자들의 공격을 견뎌낼 수 없었을 것이다. 잔인했다. 검찰 발표 덕분에 나를 공격하는 움직임이 직접 체감할 수 있을 만큼 잦아들었다. 그런데 나는 여전히 아팠다. 받아들일 수 없었다. 그 사실을 받아들이는 순간, 내가 살인자가 되는 기분이 들었다. 더 참았어야 했다고 후회했다. 아직도 너무나 아프고 힘들다. 숨이 막힌다. 꿈을 꾼다. 불현듯 생각이 난다. 아니 늘 그 생각에 머물러 있다. 잠시 잠깐 다른 생각으로 그 생각을 덮을 뿐.

어쩌면 끔찍한 사고를 당한 생존자에게는 심폐소생술이 더욱 잔인할 수 있다는 생각이 든다. 온몸의 세포 하나하나가 다시 살아나서 고통을 온전히 감내하기에 생존자의 회복력은 보통 사

람과 같을 수 없다. 6개월이라는 시간이 지났지만, 여전히 나는 위
태롭다.

다시

서울시장 보궐선거에서 민주당 후보는 참패했다. 2021년 4월 10일 오전 9시. 다시는 갈 수 없을 것 같았던, 갈 일이 없을 것 같았던 서울특별시청 지하주차장에 도착했다. 새로 당선되신 시장님과 복귀에 대한 논의를 하기 위함이었다. 취임하시자마자 피해자 지원관련 면담을 지시하셨다고 하니 참 감사할 따름이었다.

변호사님 차량이 시청 건물에 점점 가까워질수록 만감이 교차했다. 너무 초조했다. 끔찍한 생각들이 떠올랐다. 대책위 중에서 회의에 참석하기로 했던 분들과 함께 모여 이야기를 나누고 안내해주시는 직원분을 만나 엘리베이터로 이동했다. 가는 길에 서혜진 변호사님께서 괜찮다고 손을 꼭 잡아주셨다. 심호흡을 했다.

1층으로 올라가 다시 면담 장소로 향하는 엘리베이터를 타고, 문이 닫히는 순간 "시장님 만나러 오신 거죠?"라고 하시며 방호주임님께서 달려오셨다. 시장실에서 근무할 때 잘 챙겨주셨던 주임님이셨다. 눈인사를 했다. 그분을 다시 보게 될 줄 몰랐다. 울컥했다.

면담 장소에 도착한 후 잠시 뒤에 시장님께서 오셨고, 참석자들과 악수를 나눴다. 면담에 대해 준비를 해오신 것 같았으나 우리 쪽에서 준비해간 자료를 바탕으로 송란희 대표님께서 면담을 진행해주셨다. 엄마가 이야기를 할 때에 시장님과 배석하신 분들께서 모두 눈물을 흘리셨다. 공감해주시는 것 같아서 다행이고 감사했다.

1시간 정도 시간이 흐르고 면담이 마무리됐다. 무슨 말이 오갔는지 정확하게 기억나지 않는다. 시장님께서 엄마와 내게 악수를 청하며 격려 인사를 하신 후 자리를 떠나셨다. 행정국장님께서 내게 악수를 해주셨다. 나의 이름을 부르며 손을 잡아주실 뿐 아무 말씀도 않으셨지만 그 마음을 느낄 수 있었다. 인사과장님께서 나에게 오셔서 꼭 안아주셨다. 함께 울었다. 애썼다고 격려해주셨다. 송구스럽고 죄송했다. 이곳에서, 이렇게 다시 뵐 수 있을지 몰랐다.

면담을 마치고 집으로 돌아왔다. 엄마와 나는 누가 먼저랄 것 없이 술을 꺼내 마셨다. 이제 정말 끝이다. 이제 다시 시작이다.

방호주임님으로부터 따뜻한 메시지가 왔다. 또다시 눈물이 났다. 누구보다 많이 걱정하셨다고 하셨다. 면담 끝나고 갈 때 혹시 볼 수 있을까 계속 기다리셨다고 말씀하셨다. 통화가 괜찮냐고 하셨지만 나는 용기가 나지 않았다. 목소리를 듣고 싶었다고 하시며 부모님과 나의 건강과 회복을 기원해주셨다.

그리고 일주일 뒤 오늘, 주임님께서 다시 안부를 묻는 연락을 주셨고 나는 눈물이 날 것 같아 어렵다고 했음에도 전화벨이 울려 전화를 받았다. 주임님의 목소리를 듣자마자 눈물이 왈칵 쏟아졌다. 주임님도 함께 울먹이셨다. 너무나도 감사하다. 1년의 시간이 머릿속에서 지나쳤다. 잊지 않고 챙겨주심이 감사하고, 지난 시간 동안 나를 걱정해주신 그 따뜻한 마음에 송구하고 감사하다.

옛날처럼 밝고 건강한 모습으로 보자는 말씀에 웃음이 난다. 힘든 일 있으면 언제든 전화하라고 하시는 말씀에 힘이 난다.

나는 다시, 우리는 다시, 모든 것이 다시.

2021년 4월 13일, 개명 절차를 밟다

아침에 일어나 간단히 아침을 먹고 약을 먹고 나갈 채비를 했다. 평소에 외출을 거의 안 하기 때문에 잘 씻지도 않는 보통날과는 달리 오늘은 특별한 날이다. 개명에 필요한 서류들을 발급받기 위해 부모님과 함께 동사무소로 향했다.

그동안 할아버지께서 지어주신 이름에 부끄럽지 않게 살아왔다. 오랫동안 함께한 이름까지 바꿔야 하나 억울하기도 했다. 나의 내밀하고 기본적인 부분을 잃는 느낌이었다. 이 상황을 만든 잔인한 사람들이 원망스러웠다. 그러나 갈수록 심해지는 실명 공개의 두려움 속에서 벗어나고 싶었다.

약간은 멋쩍게 동사무소 앞에 비치된 무인민원발급기 앞에 쪼르륵 섰다. 가족과 함께 관공서에 왔다는 것이 낯선 건지, 새로운 문물 앞에 당황한 것인지 우리는 쭈뼛거리며 기계가 안내하는 순서에 따라 화면을 눌렀다. 개명을 하기 위해서도 부모님의 서류가 필요하다니, 이 사건으로 인해 상상할 수 없는 일들로 부모님의 마음을 아프게 하고 있다는 생각에 새삼 마음이 아렸다.

엄마의 서류를 발급받을 때 몇 번이나 지문인식이 잘 되지 않았다. 당황했다. 엄마가 나이가 들어 지문이 닳은 것 같다고 하는 말에 속이 상했다. 손가락 위치를 바꿔도 보고, 입김을 불어도 보고, 세게 눌러도 보고 열 번은 넘게 지문인식에 실패했다. 이만하면 민원대에 가서 직원을 통해 발급받아도 될 텐데, 우리는 마치 비밀작전을 수행하듯 무인민원발급기와 사투를 벌였다.

'너가 이기나 우리가 이기나 보자.'

역시 무식한 사람을 이기는 기계는 없다. 우리는 열댓 번 만에 지문인식에 성공했다.

쓸데없는 오기일 수도 있다. 필요 없는 노력일 수도 있다. 그런데 그런 오기와 노력으로 우리는 함께 오늘에 이르렀다.

인생을 살다 보면, 예기치 않은 문제가 생기기도 한다. 사소한 문제이거나 어려운 문제이거나 인생에 영향을 미치는 것은 마찬가지다. 지나온 방법을 고수하며 일을 극복해내기도 하지만 이미 지나온 길을 멀리 돌아가야 하는 일도 있다.

어제 친구가 〈익스트랙션〉이라는 영화의 한 장면 속 대사를 전해주었다.

'You drown not by falling into the river, but by staying submerged in it.'

(강에 빠졌다고 죽는 게 아니라 물에서 나오지 않아서 죽는 것이다.)

1년이 지났다. 오지 않을 것만 같던 날이 왔다. 이날을 맞을 수 있음에 감사하다. 오늘 느끼는 나의 하루가 전보다 무겁고 고통스럽지 않음에 감사하다.

이제 물에서 나가자!

가면을 쓴 게임중독자

─────────

─────────

─────────

　내 인생의 악몽 같은 시간은 코로나-19 바이러스와 함께했다. 전 세계적인 전염병 때문에 마음 놓고 좋아하는 여행을 가지도 못하고, 취미 생활이었던 수영과 사우나를 즐기지도 못했지만 신변의 위협을 느낄 때 마스크를 쓰고 다닐 수 있는 것이 다행이었다. 울어서 가자미 눈처럼 퉁퉁 부은 눈두덩을 가리지는 못하더라도, 누군가 내가 누군지 알아볼 수 없을 정도로는 가릴 수 있었다. 난생처음 경찰서나 검찰청, 법원에 갈 때도 마스크가 나를 지켜주는 가면이 되어주는 것만 같아 안심이 되었다. 세상의 위협으로부터 나를 지켜주는 보호막인 것처럼 마스크는 그렇게 1년 동안 나를 지켜주었다.

　낮에 집에 있는 생활이 처음에는 많이 낯설고 싫었다. 아직도 집을 벗어나지는 못하고 있지만, 침대를 벗어나기까지 10개월 정도 걸린 것 같다. 그동안 침대에서 나는 멈출 수 없는 자책과 우울, 죽음에 대한 생각을 덮어두기 위해 발버둥쳤다. 이 일을 겪기 전에는 늦게까지 잠을 자고 빈둥거리는 삶이 그토록 부러웠는데, 이제는 침대에 누워서 무기력하게 눈물짓는 것밖에 할 수 있는 것이 없는 내 모습이 몹시 처량했다. 그래도 코로나 덕분에 멀쩡히 직장에 다니는 사람들도 집에서 재택근무를 하는 경우가 많다는 사실이 조금은 위안이 되기도 하였다.

아주 힘들 때에는 영화나 영상물을 보는 것은 추천하지 않는다. 나는 죽고 싶을 때 영화를 보아도 집중할 수 없었고 계속 부정적인 생각을 멈출 수 없었으며, 감정이 심약해져 있기 때문에 쉽게 눈물이 났고, 영화 속 주인공보다도 내가 더 힘든 일을 겪은 사람인 것처럼 느껴지는 것이 감당하기 어려웠다.

나에게는 원래 사우나와 수영이 현실에서 벗어나는 해방감을 주는 취미 생활이었으나 코로나 상황에서 여건이 허락하지 않았다. 그렇게 침대에서 빈둥대며 휴대폰만 만지작대던 어느 날부터 갑자기 모바일 게임을 시작했다. 원래 게임을 하는 사람을 극도로 이해하지 못했다. 그러나 이제 비로소 많은 사람들이 주의를 환기시키고 스트레스에서 벗어나기 위해 게임을 즐기는 것을 이해하게 되었다.

게임을 처음 하면 이기든 지든 자극이 크지 않다. 그러다가 조금 지나면 패배에 의한 좌절로 오히려 스트레스가 밀려온다. 졌다고 스트레스를 받는다고? 끔찍한 악몽 같은 생활 속에서 다른 일로 화가 날 수 있음이 낯설고 새롭다. 억지로 꾸역꾸역 해보다가 계속 스트레스가 치밀면 나의 요동치는 감정을 대견하게 생각하며 대결 구도 게임이 아닌 단계를 점차 올리는 게임을 했다.

병원에서 의사 선생님께 요즘 계속 게임을 한다고, 중독되는 건 아닌지 여쭤어봤다. 안 좋은 생각에서 벗어날 수 없다면 게임이 해결방법은 아니지만 당장 할 수 있는 차선책은 될 수 있다고 하셨다. 그 뒤로 계속 게임을 하면서 인지능력과 목표의식, 불안과 우울감 이외의 감정을 되찾아갔다.

얼마 전까지만 해도 가족이나 친구들이 "오늘 뭐했어?"라고 물으면 "하루 종일 게임만 했어."라고 말하던 나는 이제 게임을 모두 지웠다. 어느 날 갑자기 시작했던 게임이, 어느 날 갑자기 재미없어졌다. 나다운 일상으로 돌아가고 싶다는 생각 때문이었던 것 같다.

시간이 더 지나면, 약을 먹지 않던 날로 돌아갈 수 있을 것이라고 믿는다.

디지털 포렌식, 사람들 앞에서 벌거벗기

고소를 처음 결심하고 구로 사설업체에서 첫 번째 포렌식.

변호사님을 찾아뵌 뒤 국제전자센터에서 두 번째 포렌식.

경찰 조사를 마치고 증거물로 제출했던 세 번째 포렌식.

국제전자센터에 다시 한번 맡겼던 네 번째 포렌식.

국가인권위원회에서 다섯 번째 포렌식.

대검찰청에서 여섯 번째 포렌식.

　나의 삶은, 나의 과거는 이렇게 부분별 시기별로 갈기갈기 해체되고 벌거벗은 듯 까발려졌다. 주군에게 해가 되는 존재 혹은 배신자라는 낙인으로부터 받을 위협을 무릅쓰고 잘못된 일들에 대해 그때마다 저장을 해두면 어땠을까, 그때그때 증거를 모았으면 어땠을까 자다가도 경기를 일으키며 깨는 일이 잦았다.

　더욱이 포렌식을 맡겨 놓은 시간 동안에 나는 더욱 불안했다.

증거가 나오지 않을 것이 걱정돼서 불안하기보다는 나의 수치스럽고 민망한 부분들, 지극히 개인적이어서 누구에게도 보여주기 싫은 부분들에 대해 다른 사람들에게 들키는 느낌이 들어서 초조하고 긴장됐다. 특별히 죄를 짓거나 질타받을 만한 삶을 살아온 것도 아니었지만, 적어도 나의 정신상태로는 견디기 힘든 면이 있었다.

그 불안감은 내 핸드폰을 돌려받은 후에도 지속됐다. 누군가 나의 사적으로 내밀한 영역을 현미경으로 이만큼 확대해서 꼼꼼히 들여다본 느낌이랄까. 돌려받은 휴대폰을 다시 열어볼 수도 없었다. 도대체 어떤 내용을 봤을지, 내 눈으로 확인하는 게 불안했다. 관련된 기관의 사람들을 만나면 괜히 멋쩍고 민망했다. 내가 이렇게 정신적으로 압박을 느껴가며 여섯 번의 포렌식을 진행할 동안 가해자의 휴대폰은 철저히 봉인되어 있었고, 이제는 유가족에게 인계되어 그 행방조차 묘연하다.

이번 사건은 피의자가 사망했기 때문에 형사적으로 공소권이 없어졌지만 국가인권위원회의 언급처럼 피의자의 방어권이 없다는 이유로 모든 진실이 묻혀야 하는 사건은 아니라고 생각한다. 요즘 세상에 휴대폰은 사용자가 부재하여도 충분히 증거능력이 인정될 것이다. 적어도 나와 대화를 나눈 부분, 고인이 사망 전 문제가 될 소지가 있다고 한 부분에 대해서는 포렌식을 했어야 옳다. 그것이 정의이다.

사랑하는 나의 동생 부부

사건을 겪고 수많은 가시덤불과도 같은 고통의 시간을 헤쳐 나오면서 생각만 해도 눈물이 나는 두 사람이 있다. 나 때문에 제일 가여워진 두 사람이 있다. 신혼 초에 행복한 미래를 꿈꾸며 설레고 기쁨으로 가득한 하루하루를 보내도 부족할 우리 동생 부부. 인생 통틀어 쏟아낼 분량의 눈물을 지난 1년간 다 흘렸을지도 모른다.

4월 사건이 일어난 후 처음에 나는 모든 것이 동생에게 너무 부끄러웠다. 엄마에게도 동생에게 말을 하지 말아 달라고 부탁했다. 동생의 심성을 알기에, 그리고 행복한 시기에 마음의 짐을 주고 싶지 않았다. 그런데 어느 날 엄마는 누나가 할 말이 있을 거라고 하고 내가 사는 집으로 동생을 보냈다.

동생에게 처음으로 샤브샤브를 만들어주었다. 맛있게 잘 먹는 동생을 보니 좋고, 마음이 따뜻해졌다. 어릴 때부터 지금까지 동생에게 못 해주었던 것만 생각이 났다. 이렇게 부족한 누나에게 시련이 생기기 전에 웃으며 더 잘해주지 못했던 것이 미안했다.

동생을 보니 가슴이 미어졌다. 사실 그 당시 나는 매일 죽기로 작정하고 있었다. 밥을 먹는 내내 전화기에는 불이 났다. 사건 관련해서 시장실 인사기획비서관과 시청 직원들에게서 전화가 오던 참이었다. 누나는 이제 시장실에서 근무하지도 않는데 왜 자꾸 연락을 하냐고 물었다. 나중에 들으니 동생은 좀 이상하다고 느꼈지만 누나가 잘해주니 마냥 좋다는 생각이었다고 했다.

나는 결국 동생에게 말을 꺼내지 못했다. 그리고 동생은 돌아가는 와중에 관련 기사의 링크를 보냈다. 누나 이런 일이 있대. 나는 대답할 수 없었다.

동생이 보냈던 기사의 피해자가 나라는 것을 알게 되고, 거대한 권력자에 의한 피해에 관한 법적 절차를 밟기부터 지금까지 우리 집에서 제일 먼저 내 편에서 나를 이해해주고 응원해준 사람이 바로 동생과 올케이다. 어떤 일에 대해 부모님께서 반대하시거나 걱정하실 때에도 무조건 누나가 원하는 대로 누나를 최우선으로 생각하고 결정하라고 지지해주었다.

동생과 올케는 나와 관련된 정보가 온라인에 유포되는 사실을 일일이 모니터링하여 해당 포털사이트에 직접 삭제를 요청하고, 경찰에 신고해왔다. 외국 사이트에 직접 메일을 보내 삭제를 요청하기도 했다. 프로그래밍에 관심을 가지던 차에 동생은 실시간으로 나와 관련된 검색어들을 자동으로 모니터링하여 신고하는 시스템을 만들어 적용하고 있다.

두 사람이 없었으면 우리 가족은 이미 긴 싸움에 지쳐 무너져 내렸을지도 모른다. 부모님의 탄원서도 담담히 읽었던 내가 동생이 쓴 탄원서를 보고 오열을 할 만큼 동생 부부에게는 미안하고 고마운 마음이 크다. 동생과 올케의 뜨거운 기도와 따뜻한 위로, 속 깊은 배려와 단단한 지지, 실질적인 도움 덕분에 나와 우리 가족은 매 순간 현명하고 지혜로운 결정을 할 수 있었다.

부모님께는 동생과 비교할 수 없이 오직 부모님만 가질 수 있는 자녀에 대한 책임감과 헌신의 마음이 있다. 긍정적인 아빠와 강인한 엄마 덕에 나는 시련의 시기를 잘 버텨내고 있지만, 부모님도 사람이기 때문에 때로는 연약하기도 하고 비이성적인 모습을 보이기도 한다.

특히 엄마가 그랬다. 어렸을 때부터 나보다는 동생에게 더 의지를 많이 했던 엄마가 아빠와 떨어져 딸의 시련을 바로 옆에서 돌보면서 겪게 되는 고충에 대해 유독 남동생에게 과도하게 털어냈다. 나에게는 전혀 티 내지 않지만 동생과 올케가 받았을, 그리고 받고 있을 상처와 마음의 짐을 안다. 우리 동생과 올케에게도 밝고 행복한 일들이 더 많이 생길 수 있기를 기도한다.

오늘도 우리 가족은 이렇게 살아내고 있다. 모두가 힘들지만 티 내지 않고 삭히기도 하고, 가끔 서로 상처주기도 하고, 위로하고 응원하기도 하고, 똘똘 뭉쳐서 욕하기도 하고. 어제보다 조금 더 나아진 오늘을 살기 위해 함께 애쓰고 있다. 나는 우리 동생과 올케가 너무 고맙고 좋다.

동생과 올케가 시험공부 하라고 사준 노트북으로 탄원서를 쓰는 일이 많아서 미안했다. 이제는 그 노트북으로 글을 쓰고 있으니 다행이고 감사하다.

배낭 메고 부산으로

———————

———————

———————

추적추적 비가 내리는 오늘, 배낭 하나 달랑 메고 부산으로 향하는 기차를 탔다. 어젯밤 먹고 잔 수면유도제와 아침에 먹은 항우울제 덕분에 몽롱해서 아직도 내가 부산으로 가고 있는 것이 믿기지 않는다.

여행을 갈 때 꼼꼼하게 계획을 세우지는 않지만, 혹시나 빠트리는 게 있지는 않을까 챙길 것을 몇 번씩 확인하고, 넣고 또 넣으며 빵빵하게 짐을 꾸리는 편이다. 그래서 여행을 다녀오면 한 번도 입지 않은 옷과 한 번도 쓰지 않은 물건들을 꺼내며 '왜 또 이렇게 짐을 잔뜩 싸갔지.' 하며 후회할 때가 많다. 그래도 다음 여행을 떠날 때면 언제 후회했냐는 듯 또다시 짐을 가득 챙긴다.

오늘은 아침에 일어나서 배낭에 노트북과 충전기, 속옷, 여벌옷 2개만 가볍게 챙겼다. 무려 3박 4일 일정인데 배낭 하나가 다차지도 않을 만한 짐을 챙겼다. 여행 짐이 가벼우니 마음마저 가볍다.

　나는 어렸을 때부터 어떤 상황 속에서도 내가 준비할 수 있는 한 모든 것을 빠짐없이 준비하고 싶은 강박이 있었다. 그러나 이제 조금은 안다. 내가 꼼꼼하게 준비한 것들이 여행 중에 꼭 필요할 만한 상황이 그렇게 많지는 않다는 것을. 오히려 준비하지 못했던 것들이 필요해 현지에서 산 물건을 담아오기 위해서는 가방에 빈 공간이 필요할 때가 있다. 물론 가방까지 새로 사는 방법이 있겠지만, 그 가방을 들거나 메고 올 내 손이나 어깨의 공간을 비워두어야 한다.

　인생의 일들이 모두 내 계획대로 진행되지 않듯, 그 속에서 필요한 것들을 내가 모두 준비하려는 생각은 오만이다. 그리고 때로는 필요에 따라 새로 구해야 하는 물건을 구하지 못 하는 일도 있을 것이다. 어쩌면 인생은 어떤 상황에서도 나에게 필요한 모든 것을 준비할 수 있도록 내공이 쌓여가는 것이 아니라 그 어떤 것이 부족하더라도 요동치 않고 만족을 느끼는 지혜를 깨달아가는 여정이 아닐까.

　나는 언제나 행복하기를 소망하지 않는다.
　그냥 이따금씩 행복을 느끼는 삶이면 족하다.

착한 여자는 천국에 가지만, 나쁜 여자는 어디든 간다

나는 크리스천이다. 그런데 이 말이 참 좋다.

"착한 여자는 천국에 가지만, 나쁜 여자는 어디든 간다."

2020년 7월 장마철, 우리 대책위가 한참 모여 회의를 할 때 한국여성의전화 고미경 전 대표님께서 나에게 자주 해주시던 말씀이다.

어렸을 때부터 다른 사람의 감정과 필요에 대해 예민한 편이었다. 그래서 그런지 친구들은 나에게 고민 상담을 많이 했고, 줄곧 반장과 임원을 맡았다. 직장에서도 나는 다른 사람들의 눈치를 많이 보면서 생활했고, 그들의 입장을 배려하고 필요한 것들을 준비하는 것이 익숙했다.

나의 만족보다 다른 사람들의 만족이나 인정이 나의 행복을 결정한다고 생각한 것에서 기인했던 것 같다. 함께하는 사람에 대한 예의를 지켜야 사회생활을 잘 하는 것이라고 생각했다. 고미경 대표님께서는 1주일만 활동가분들과 같이 생활하면 이런 나의 행동들을 고칠 수 있다고 말씀하셨다.

그러고 보면 나는 그동안 내가 원하고 편한 대로 하는 것이 아니라 다른 사람들이 좋아할 것 같은 대로 행동하며 살아온 것 같다. 나부터 나를 소중하게 여기는 것, 그리고 그 누구보다 나를 우선으로 생각하고 챙기는 노력. 이러한 행동이 늘 다른 사람을 먼저 배려하고 내 입장을 희생하면서 '그렇게 하는 것이 나의 기쁨'이라고 위안하는 것보다 모두의 행복을 위한 길이라는 것을 너무 늦게 알았다.

천국에 가기 위해서 착하게 사는 것보다는 어디든지 가기 위해 나쁘게 사는 것이 더 현명한 것 아닐까? 기독교인으로서 이 말이 잘못되었다고 생각하지 않는다. '어디든지'에는 천국이 포함될 수 있기 때문이다. 그리고 '나쁜 여자'는 액면 그대로 착한 여자의 반대말일 뿐, 악하고 못된 여자를 의미하는 것이 아니다. 착하지 않아도 괜찮다고 말하는 것이다. 착해야만 한다는 강박에서 벗어나도 된다고 말하는 것이다.

나는 이번 일을 겪으며 나와 주변을 돌아볼 수 있는 값진 시간을 보내고 있다. 그동안 소홀했던 나라는 사람에 대한 성찰과 오직 나만을 위한 돌봄. 역설적이게도 내가 나를 스스로 먼저 아끼면 다른 사람들을 전보다 더 잘 섬길 수 있을 것만 같은 기분이 든다. 나를 제쳐두고 베푸는 호의는 상대방 입장에서 느끼기에도 부담스러울 수 있다는 점도 새삼 깨닫는다.

아직도 많이 부족하지만 어디든지 갈 수 있는 강한 여자가 되기 위해 어제보다 더 나를 소중하게 아끼는 연습을 한다.

나를 되찾는 것

피해자가 일상을 회복하는 것, 특히 조직 내 성폭력 피해자에게 있어 일상으로 복귀한다는 것은 큰 어려움이 따르는 일이다. 우리 사회는 어쩐지 피해자에게 가여운 동정의 대상이 되기를 기대하기도 하고, 보수적인 조직에서는 피해자를 피해야 하는 대상으로 취급하기도 한다. 그리고 피해자 스스로 당당하지 못하고, 비난을 받을까 걱정하며 타인의 시선에 예민하게 반응하기도 한다. 많은 피해자들이 그렇듯, 나도 그랬다.

주변에서 아무리 내 잘못이 아니라고 말해줘도, 위로가 되지 않았다. 전처럼 살 수 있다고 내 자리로 돌아갈 수 있다는 말이 위안이 되지 않았다. 자신이 없었다.

어벤저스(대책위) 회의를 하면서도 나는 직장을 그만두는 것에 대하여 많이 언급했다. 숨고 싶었다. 도망치고 싶었다. 돌아가고 싶지 않았다. 그러던 어느 날 이지은 변호사님께서 조심스럽지만 단호한 어투로 말씀하셨다.

"피해자를 지원하는 입장에서 일상으로 복귀를 돕고 싶어요. 피해자가 직장에 복귀하지 못 한다면 김빠질 것 같아요."

김빠진 내 인생에 이산화탄소가 잔뜩 주입되는 기분이었다. 정신이 번쩍 들었다. 나 이렇게 살면 안 되는구나. 어떤 위로나 따뜻한 말보다 내가 제대로 살고 싶은 느낌이 들게 했다.

성폭력 피해는 인생 밖에서 발생하는 것이 아니다. 내 인생의 길 위에서 벌어진 일이다. 그리고 그 이후의 불행한 시간들 또한 내 삶과 동떨어진 다른 곳에서 일어나지 않았다. 그 순간에 멈춰 있는 것도 아니다. 길을 잃은 것도 아니다. 갑자기 다른 낯선 곳으로 떨어져 나온 것이 아니다. 이것이 내 인생이다. 그 이후로도 쭉 내 인생은 흘러왔다.

친구들과 고민을 나눌 때, 지금 내 인생이 컴퓨터 프로그램이라면 로그아웃, 시스템 종료, 하드디스크 포맷, 그 모든 방법을 동원해서 내 인생을 처음부터 다시 시작하고 싶다고 말했다. 혹시 게임이라면 탈퇴하고 다른 계정을 만들어서 새로운 인생을 설계하고 싶다고 말했다. 미련했다. 그런 생각이 들수록 나는 점점 더 불행해졌다. 불가능한 일이라는 것을 알면서 하는 말이었기 때문이다.

지금 나는 두 발로 내 인생 위에 서 있다. 내 인생 위에서 일어난 일이라는 것을 인정해야 한다. 그 뒤로도 나는 내 삶을 살아내고 있고, 이 순간들을 없애거나 잊을 수 없다면 아름다운 순간들로 채워야 한다는 것을 안다.

일상의 복귀나 회복이라는 말은 깊은 숨이 아닌 짧고 가벼운 겉숨 같은 표현이다. 그것은 내 삶에 어떠한 전환점이 될 만한, 특별한 이벤트가 아니다. 원래 일하던 직장으로 돌아가서 전에 그랬듯이 정해진 시간에 맞춰 출근 준비를 하고, 직장에서의 소임을 다하고, 퇴근 후 가끔은 친구들이나 가족들과 좋은 시간을 보낸다고 해서 아무 일도 없던 그 상태로는 이제 돌아갈 수 없음을 안다.

그러나 나는 그곳에 오래 머물러 있지 않았다. 용기의 발걸음으로 이 순간까지 왔다. 더 깊어지고, 더 성장했다. 스스로를 칭찬하고 다독이며 나의 원래 모습을 되찾는 것. 나 스스로, 그리고 그 누구도 원망하지 않고 이렇게 내 삶을 잘 살아냈음에 감사하고 자랑스러워하는 것. 그것이 이제 진정 나의 삶에 필요한 일 아닐까.

아빠의 부탁

―――――――――
―――――――――
―――――――――

세상에서 제일 사랑하는 우리 아빠. 아빠는 내가 해달라는 것은 무엇이든 해준다. 처음에는 정색하며 안 된다고 말하거나 큰소리로 말리던 일들도 결국에는 내가 원하는 대로 다 해줬다. 이번 고소를 준비할 때도 무모한 싸움이라고 말렸지만 탄원서를 써주었고, 말하기 행사를 말렸던 아빠가 나중에는 딸 덕분에 세상이 바뀌었다고 말해주었다.

가장으로서 아빠는 가족 모두가 딸이 원하는 삶을 살도록 무조건 응원하는 것보다, 중요한 일에 대해 더 깊이 생각하고 고민하여 결정할 수 있도록 반대 의견을 제시해서 더 나은 방향으로 이끌어주는 역할을 하고 계신다는 것을 안다. 그래서 우리는 아빠의 의견을 흘려듣지 않고 몇 번씩 되뇌며 고민하여 결정한다.

이번에도 그렇다. 아빠는 글을 써서 책을 내는 것을 반대했다. 아빠는 아마 내가 이제는 이 일의 마침표를 찍고 보통의 삶을 살기 원하는 것일 테다. 세상 여느 부모님의 마음이 그렇듯이 딸이 더 이상 사람들 입에 오르내리지 않고, 다른 사람들의 가시 돋친 말에 상처받지 않고, 평범하게 직장생활을 하고 가정을 꾸려 소박한 행복 속에서 인생을 살 수 있기를 바랄 것이다.

우리 아빠의 취미는 유튜브다. 은퇴 후 아빠에게 넓은 세상을 보여주는 통로가 되어주던 유튜브에 어느 날부터 아빠는 직접 촬영한 동영상들을 업로드하기 시작했다. 동영상 촬영 기법도, 편집 기술도 배운 적이 없는 아빠가 동영상을 찍어서 올리는 것이 신기했다. 처음엔 비록 편집 없이 한 컷에 촬영된 20분짜리 영상을 통으로 올리는 아빠였지만, 동생과 나를 꽤 괴롭힌 덕분에 이제는 특수효과와 자막을 연출할 수 있게 되었다.

그 연배에 새로운 도전을, 그것도 요즘 뜨거운 유튜브에 도전하는 아빠가 대단하고 존경스럽다. 구독자는 개설 1년이 채 되기도 전에 1,000명이 넘었고, 가장 인기 많은 영상 조회수는 8만을 육박했다.

이렇게 대단하고 깨어 있는 우리 아빠가 딸에게는 평범하게 살라고 한다. 이제 더 아프지 말라고 한다. 제발 부탁이라고 나를 말린다. 나는 흔들리지 않는다. 나는 아빠의 딸이기 때문이다. 나는 반드시 아빠처럼 살 것이다. 인생의 어떤 어려움 속에서도 포기하지 않고, 주어진 인생에 만족하기보다 인생을 누구보다 치열하고 적극적으로 즐기며 살 것이다.

평소에는 분위기가 어두워지는 것을 피하기 위해 괜한 이야기를 꺼내지 않으려고 노력하다가도 아빠는 나를 매주 병원에 데려다주며 조심스럽게 내 상한 마음을 쓰다듬어준다. 상담 중에 너무 많이 울어서 퉁퉁 부어 나온 나에게 시시콜콜하고 시답잖은 이야기로 분위기를 전환하려는 아빠의 모습에 헛웃음이 난다.

딸의 시련을 옆에서 바라보며 아빠는 몇 달 만에 체중이 8킬로그램 줄었다. 마음이 아프다. 언제나 강하고 든든했던 아빠는 요즘 여기저기 아프다는 말을 달고 산다. 아빠의 초라한 뒷모습이 싫다. 나는 보란 듯이 잘 살 것이다. 아빠에게 자랑스러운 딸이 될 것이다. 아빠의 굽은 어깨를 다시 곧게 펴드릴 것이다.

5부

이 구역의 미친년은 나다

시청으로 돌아가기로 했다. 미친 짓이다. 언론에 조명되었던 성폭력 피해자가 본래의 일터로 돌아가는 일은 들어본 적이 없다. 그분들이 어디에선가 잘 살고 계시더라도 그 잘 사는 모습이 조명되지는 않는다. 나는 그러한 관습이나 관행, 우리 사회의 모습을 깨고 싶다.

얼마나 독한 마음을 먹어야 할까. 상상할 수도 없다. 가족, 친구, 대책위, 의사 선생님, 상담 선생님, 심지어 인터넷 기사에 댓글을 달아주시는 분들까지 나를 염려한다. 마음먹었던 것보다 더 혹독할 수 있다고 걱정한다. 어떤 부분을 준비해야 할지 도움을 청하라고 하지만 나에게 어떤 것들이 필요한지 가늠이 되지 않는다. 나는 매일 긴장과 걱정을 못 견디고 눈물을 흘린다.

이 사건을 지나오는 매 순간 어려움이 있었고, 그 어려움은 매번 새롭고 잔인했다. 그럼에도 생각지도 못한 많은 분들의 도움으로 순간순간을 담대하게 헤쳐 나갈 수 있었다. 그리고 오늘 이 자리에 이르렀다.

일부 온라인 커뮤니티에서는 나의 복귀에 관해 내가 보통 멘탈이 아니라는 말로 나를 조롱한다는 것을 들었다. 맞다. 나는 강하다. 나는 내 발로 직접 호랑이 굴로 들어가려고 마음먹었다. 아무리 생각해도 나는 잘못한 것이 없다. 아무리 생각해도 나는 피할 이유가 없다. 아무리 생각해도 내가 부끄러워할 이유가 없다. 나는 당당하다.

그 무렵에 교회 언니를 만난 적이 있다. 줌을 통해 두어 달 소통했지만 직접 만나는 건 처음이었다. 나는 처음 보는 언니와 마음속 깊은 이야기를 나누며 눈물을 흘렸다. 언니는 나에게 아무것도 하지 말라고 했다. 그냥 아무것도 하지 않고 회복하는 데 집중하는 게 좋겠다고 했다. 내가 피해자 말하기 행사에 대해 고민하고 있는 것을 말했고, 언니를 통해 하나님께서 내게 가만히 있으라고 하시는 것 같다고 말했다.

언니는 아주 잠시 고민하더니 내 마음대로 하라고 했다. 단호했다. 어차피 내가 하고 싶은 대로 저지르고 나면 하나님께서 알아서 해주실 것이라고 했다. 하나님의 뜻이라면 그대로, 하나님의 뜻이 아니라도 나에게 선한 방향으로 모든 것을 도와주실 것이라고 했다. 그리고 '이 구역의 미친년은 나다.'라는 생각으로 내 마음대로 살라고 했다.

나는 힘이 났다. 결단을 내렸다. 나는 있는 대로 미쳐서 미친
년처럼 살기로 했다.

서울시장의 사과

오세훈 서울시장님께서 서울시 수장으로서 전직 시장의 성
폭력 사건과 이후 미흡했던 시의 대응과 처리 과정에 대해 사과
문을 발표했다. 사과는 매우 구체적이었다. 오 시장님은 박 시장
의 장례를 서울시기관장으로 치르고 서울광장에 분향소를 설치
한 것은 피해자에게 엄청난 위력을 보여주는 사건이라는 점에서
부적절했다고 말했다. 내가 돌아갈 곳의 최고 관리자가 나를 위
로하고 내 고통에 공감해주는 것 같아 다른 직원들은 어떻게 생
각할지 모르지만 그래도 다행이었다. 그래서 짧은 입장문을 냈다.
전문은 아래와 같다.

오늘 오세훈 시장님의 공식 사과에 관한 내용을 보았습니다. 지금까지
제가 받았던 사과는 SNS에 올린 입장문이거나 기자들의 질문에 대한
코멘트 형식의 사과였습니다. 그래서 오늘도 SNS에 올린 사과문이 기

사화된 것인 줄 알았습니다. 그러나 기사를 찾아보니 시청 브리핑룸에서 직접 기자회견을 하셨다고 했습니다.

영상을 찾아보고 가족들은 울컥하는 마음으로 가슴을 쥐었습니다. 무엇이 잘못이었는가에 대한 책임 있는 사람의 진정한 사과였고, 제 입장을 헤아려 조심스럽게 말씀하시는 모습에 눈물이 났습니다.

제가 돌아갈 곳의 수장께서 지나온 일과 앞으로 일어날 일들에 대해 살펴주심에 감사합니다. 서울시청이 조금 더 일하기 좋은 일터가 될 것이라 기대합니다. 서울시가 조금 더 살기 좋은 도시가 될 것이라 기대합니다. 저에게 보여주신 공감과 위로, 강한 의지로 앞으로 서울시를 지혜롭게 이끌어주시기를 기대합니다.

감사합니다.

2021년 4월 20일

폭식

_____

_____

_____

복귀에 대한 논의가 시작된 이후부터 나도 모르게 살이 조금씩 쪘다. 전에 입던 옷이 맞지 않았고, 눈을 내리깔면 내 볼이 보였다. 배가 불러도 먹는 것을 멈출 수 없었다. 엄마는 입이 짧았던 내가 전보다 많이 먹는다고, 식욕이 돌아왔다고 좋아했다. 나는 이상했다. 먹고 싶지 않은데 계속 먹게 되었다. 채울 수 없는 무언가를 채우기 위해 음식을 쉬지 않고 먹는 기분이었다.

병원에서 의사 선생님께 여쭈었다. 살이 많이 쪘고, 자꾸 폭식하게 된다고. 의사 선생님께서는 복귀와 관련해 많이 불안한 것 같다고 하셨다. 내 의지대로 충분한 시간을 가지고 진행되는 것이 아니라 뭔가 떠밀려 가는 걸로 느끼는 건 아닌가 싶다고 하셨다.

복귀를 하고 싶다. 내 일터로 돌아가서 당당하게 살고 싶다. 그러나 나는 여전히 두렵다. 아는 직원들을 보기 민망해서 피해

다닐까 무섭다. 예전에 친하던 직원들이 나를 대하는 태도가 바뀌었을까 무섭다. 뒤에서 누군가 나의 이야기를 할지 모르는 것도 신경이 쓰이지만, 누군가 무심코 뱉은 말에 상처 입을 상황이 무섭다.

그중에 가장 무서운 것은 나다움을 잃는 것이다. 나는 웃음이 많다. 아플 때도 잘 웃어서, 엄마는 내가 꾀병을 부리는 줄 알때가 많다. 그런 내가 시청 건물 안에서 웃음을 잃어버릴까 무섭다. 웃고 싶을 때 웃지 못할까 두렵다. 나의 웃음을 왜곡된 시선으로 바라볼 것 같아서 위축된다.

시청 건물 안에 발을 딛는 상상을 하면 심장이 오그라든다. 엘리베이터를 타고 6층을 지나는 상황을 그려보면 목 뒤편에 소름이 끼친다. 두 명의 가해자와 친한 사람들을 마주칠 생각을 하면 숨이 막힌다.

이런 불안감을 나는 계속 먹는 것으로 해소하고 있다. 전에도 그런 적이 있다. 첫 퇴원 후 공황을 겪으며 힘들었을 때, 나는 난생처음 분홍색 머리로 탈색을 했다. 그때 나는 뭐라도 내 마음대로 하고 싶었다. 매순간 죽음을 생각하던 나는 내 인생의 주도권을 잃어가는 것이 두려워서 머리카락이라도 내 마음대로 해보고자 탈색을 했다.

그때 상한 머리카락이 아직까지 회복되지 않는다. 머리를 감을 때마다 엉킨 머리를 감느라 힘들고, 말릴 때도 잘 마르지 않는다. 결국 이러나 저러나 손질이 잘 되지 않는 부스스한 머리를 질 끈 묶는다.

지금 이렇게 내 몸을 혹사하며 폭식을 지속하면, 나는 또 늘 어난 살과 터진 살 때문에 후회하고 고생할 것이다. 나를 학대하 지 않고 내가 나를 아껴야 한다. 머리로는 알지만 나를 제어하는 것이 너무나 어렵다. 차라리 계속 먹는 것이 쉬우니 나는 쉬지 않 고 계속 먹는다.

겪어보기 전에, 부딪치기 전에 막연한 불안감을 해소하기 위 해서 어떤 준비를 해야 할까. 잘 이겨내고 싶다.

실명공개 사건 피해자 탄원서를 쓰다

————————

————————

————————

2차 가해 과정에서 가장 위협적으로 느껴졌던 것은 내 사진과 실명이 노출되는 일이었다. 변호사님의 도움을 받아 내 실명을 온라인상에 공개한 이들을 처벌하기로 하고 고소 절차를 밟았다. 이에 따라 피해자로서 검사님께 전달하는 탄원서를 작성했다. 탄원서에도 썼지만 30년 이상 써온 내 본명과 헤어지는 일은 내 존재의 상당 부분을 부정하는 자괴심을 안겨주었다. 전문은 아래와 같다.

안녕하세요 검사님, 저는 검사님께서 맡고 계신 사건의 피해자 김잔디입니다. 저는 가명을 사용하고 있습니다. 범죄 피해자로서의 삶과 제 온전한 삶을 철저히 분리하고 싶었기 때문입니다. 그래서 피해자 이름이 필요한 모든 곳에 가명을 썼습니다.

저는 학창시절부터 공직생활을 하기까지 할아버지께서 지어주신 이름과 그 뜻에 걸맞은 삶을 살기 위해 치열하게 노력했고, 저와 가족들은 그 이름을 참 좋아하고 자랑스러워했습니다.

그런데 피의자의 범행으로 30년 이상 함께 해온 제 이름을 포기할 수밖에 없었습니다. 저는 피의자 때문에 제 삶의 표식이자 역사인 이름을 잃고, 전혀 다른 이름을 제 삶에 붙여야 하는 상황에 직면하게 되었습니다.

숨기고 싶은 저의 개인적인 피해 사실과 저의 정체성의 핵심인 이름을 연결짓고 공개한 행위는 저로 하여금 제 이름을 걸고 살아온 모든 시간을 포기하게 만들었습니다.

그리고 피의자가 악의를 가지고 저의 이름을 통해 평생 동안 저의 신상을 추적할 수 있다는 두려움이 극심했습니다. 그래서 결국 개명을 신청하게 되었고, 지난주 개명이 결정되었습니다.

피의자의 잘못된 행동이 한 사람의 인생을 앗아갔습니다.

피의자가 만든 현실의 피해를 피해자가 직접 되돌려보겠다고 안간힘을 쓰고 있습니다.

부디 잘못을 저지른 피의자를 구속하여 죄에 합당한 처벌을 받도록 도와주세요. 감사합니다.

2021년 5월 19일

김잔디

작은 달팽이

깜깜한 방 안, 꼭꼭 막아놓은 틈 사이로 들어오는 한 줄기 빛이 시리다. 스스로 찾은 이 어둠이 세상으로부터 가장 멀리 벗어날 수 있는 곳이라 위안하며 몸을 공처럼 웅크린 채 눈만 감았다가 떴다가 한다. 어렵사리 겨우 차지한, 내가 누워 있는 이 자리를 벗어나는 것이 너무나 두렵다. 밖으로 나가고 싶지 않다. 움직이고 싶지 않다. 아무 생각도, 어떤 말도 하고 싶지 않다.

한참 동안 같은 자세로 웅크리고 있다가 스르르 잠이 든다. 얼마 지나지 않아 곧 식은땀을 흘리며 깨어난다. 악몽이다. 가위에 눌린 것 같다. 쿵쿵대는 심장 소리가 귀까지 울린다. 얼굴에 있는 핏줄이 뜨거워지는 것을 느낀다. 온몸의 세포들이 수축하는 것이 느껴진다. 모든 땀구멍이 열린 것처럼 몸이 흥건히 젖었다. 불안한 마음에 몸을 이쪽저쪽 뒤척이다 이내 몸을 한껏 웅크리고는 밖에서 들리는 소리를 가만히 집중해서 듣는다. 갑자기 누군가 밖에서 벽을 콕콕 치는 기운에 소스라치게 놀라며 눈을 질끈 감는다. 그러고는 곧 나의 세상이 빙글빙글 돈다. 무슨 일이 또 생기는 것은 아닐지 무섭다. 심장이 오그라든다. 그렇게 어디로 가는지, 어떻게 해야 하는지 아무것도 모르고 데구루루 굴러간다. 어지럽다. 그러고는 이내 집 안으로 차가운 물이 들어오기 시작한다.

그날이 떠오른다. 나의 몸이 짓밟혀 피를 흘리고, 눈물을 쏟아내고, 작은 마음에 품었던 꿈마저 찢겨버린 날. 가까스로 살아남아 숨 쉬는 것을 느끼는 이 순간이 경이롭다. 잊고 싶지만 잊을 수 없다. 상처가 나을 만하면 어디서 누군가 나타나 아픈 상처를 다시 후벼 판다. 세상은 잔인하다는 사실을 망각할 때마다 더욱더 잔인해진다. 상처가 아물고 새살이 나기도 전에 상처에 더해진 더 큰 상처와 아픔을 바라본다.

*

실눈같이 작게 눈을 뜨고 경계를 하며 주위를 살펴본다. 시간이 꽤 지났는데도 아무 일도 일어나지 않는 것을 보니 안심이 된다. 몸을 뒤척이며 앞으로 뒤로 옆으로 자세를 바꾸는 것만큼 감정에도 크고 작은 기복이 있다. 잘 지낼 수 있다는 희망이 손끝에 닿을 듯 말 듯 내 앞에 다가온 것 같은 느낌이 들 때가 있다. 그러다 반대로 모든 것을 포기하고 내려놓고 싶은 절망이 나를 억누르를 때가 있다.

눈을 감으면, 깜깜한 곳에서 나 혼자 울고 있다. 홀로 모든 것을 감당해야 한다는 생각에 버겁고 모든 생각과 후회들이 사무쳐 스스로를 탓하고 부정하며 상처 주기 시작한다. 그러다 보면 바닥이 어디인지 모르는 우울의 늪에 빠지기 시작해서 헤어 나오기가 어렵다. 우울의 늪은 한번 빠지는 순간 점점 나를 끌어당겨 다시 나오려고 발버둥을 쳐도 결국 온몸을 집어삼키는 무서운 늪이다. 이 늪에 빠져서 철퍽대다가 몸과 마음이 점점 지쳐가고 결국 나는 하나씩 내려놓게 된다. 그러다가 가장 소중하고 귀한 모든 것을 포기하는 지경에 이른다. 눈을 감으면, 가장 위험한 그곳이 보인다. 그렇게 며칠을, 몇 주를, 몇 달을 늪에 빠져 허우적대다가 눈을 뜬다. 어느 날 눈을 뜨니 아직도 아득히 깜깜하다. 아무것도 보이지 않는다.

그렇게 또 셀 수 없이 긴 시간이 지나면 여전히 두껍게 깔린 어둠 속에서도 주변에 있는 것들이 조금씩 보이기 시작한다. 나를 도와주는 사람들이, 나를 사랑하는 사람들이, 내 아픔에 슬퍼하고 나의 회복을 응원하고, 기도해주시는 사람들이 보인다. 사랑하는 가족들이 있고, 걱정해주는 친구가 있고, 열심히 도와주시는 변호사님들과 지원단체분들이 있고, 의사 선생님과 간호사님, 심리치료 선생님, 그리고 나의 업무복귀에 대해 힘써주시는 직원들이 보인다.

눈을 뜨면 나를 괴롭히는 사람들도 보인다. 피하고 싶었다. 부정하고 싶었다. '피하고 싶은 것도 나이고, 부정하고 싶은 것도 나'라며 애써 포장해왔다. 얼마 전까지만 해도 그런 상황을 마주하면 어떻게 해야 할지 몰라서 그냥 울었다. 하지만 이제는 꿈에서 그 사람들이 보이면, '내가 잘못한 것은 아무것도 없다.'고 당당하게 말한다. 내가 피해야 하는 것이 아니라 상대방이 부끄러운 것을 알고 나를 피해야 하는 것이다. 잘못을 한 사람들이 책임져야 할 몫이다. 이미 피해를 입고 상처를 입은 내가 또 다른 누군가로부터 다시 상처를 받을 이유는 없다. 나의 집은 이렇게 더 단단하고 견고해진다.

집 밖으로 나가자는 용기를 내어본다. 눈을 길게 늘여 내어 주변을 살펴보니 밖이 아직 깜깜하다. 별빛 하나 없는 암흑 속에서도 눈을 몇 번 감았다 뜨니 눈에 익숙한 것들이 보인다. 잔디, 토끼풀, 비가 와서 떨어진 나뭇잎들, 그 위에 우뚝 솟은 아직 어린 은행나무. 깜깜하고 막막한 어둠 속이지만 바람을 쐬니 좋다. 이 바람에 몸을 실으면 어디든 날아갈 수 있을 것 같다.

거리의 친구들은 초저녁부터 저마다 자기 길을 만들어서는 이슬이 내리는 새벽까지 나뭇잎을 갉아 먹은 듯하다. 한참 동안 만나지 못했던 친구가 먼저 다가와 말을 건다. '많이 힘들었지?' 나는 가슴속부터 뜨겁게 데워진 눈물이 난다. 그는 말없이 나뭇

잎 쪽으로 향하며 나에게 길을 내준다. 오랜만의 외출이라 집을 지고 움직이는 것이 익숙하지 않다. 어깨의 짐이 너무나 무겁다. 그래도 친구가 먼저 간 길을 따라가는 덕분에 움직이는 것이 한결 편하다.

벌써 이슬이 마르기 시작했다. 오랜만에 나뭇잎과 풀잎을 많이 먹었더니 햇살이 뜨거워지기 전에 다시 집에 들어갈 수 있을지 걱정이다. 내일은 은행나무에 올라가 보아야겠다.

이어달리기의 꿈

─────────────

─────────────

─────────────

　나는 어려서부터 운동신경이 좋은 편은 아니었다. 유치원 때부터 운동회를 하면 달리기는 항상 뒤에서 두 번째, 겨우 꼴찌를 면하는 수준이었다. 스타트는 빨랐는데 결국에는 모두가 나를 앞섰다. 돌이켜보면 출발이 빨랐던 것도 민첩한 운동신경 덕분이라기보다는 출발신호를 알리는 총을 쏘는 선생님의 손가락을 보자마자 달리려고 마음먹었던 것이 유효하게 작용했던 것 같다. 실격이 될지도 모르는 부담을 가지고 조금 이른 타이밍을 노렸던 눈치 덕분이다.

　체육 실기평가에 체력검정 기록을 산입하는 학기에는 자연히 내신 등수가 떨어질 수밖에 없었다. 그 정도로 달리기 실력이 형편없었다. 나는 달리기를 엄청 못하지만 이어달리기를 참 좋아했다. 학생 모두가 참여하는 줄다리기도 좋아했지만, 이어달리기의 묘미만 못하다. 줄다리기는 으쌰으쌰, 영차영차 소리를 내며 수십 명의 친구들과 온 마음과 온 힘을 모아 줄을 당기다가도 승패가 갈리는 순간 어쩐지 허무해진다. 거의 모든 참가자가 선수인 스스로를 응원해야 하는 줄다리기 게임의 특성상 관중의 입장에서도 특정한 어떤 팀이 이기도록 목소리를 모아 응원하는 재미도 떨어진다.

선발된 주자들의 선전을 응원하는 이어달리기는 비록 모두가 게임에 직접 참여하는 방식은 아니지만, 줄다리기보다 더 큰 몰입감을 준다. 시작을 알리는 총소리가 울리면, 바통을 들고 횡렬로 뛰던 주자들이 저마다의 출발 속도에 따라 한 줄이 되어간다. 간혹 어떤 선수가 전략적으로 속력을 높여 순위가 바뀌면 한쪽 관중들이 환호하는 동시에, 반대쪽 관중들은 야유하는 소리를 지른다. 어떤 선수들은 바통을 떨어트리기도 하고, 넘어지기도 한다. 그러면 관중석에서는 바로 "괜찮아, 괜찮아!" 하는 소리가 울려 퍼진다.

그래서인지 이어달리기를 보아온 학창 시절을 통틀어, 주자가 넘어져서 오래도록 울고 있는 장면은 본 적이 없다. 피를 흘리면서도 오뚝이처럼 일어나서 넘어지기 전보다 더 힘차게 달려가는 가슴 벅찬 장면들만 기억난다. 파이널을 향해 달려가는 선수를 바라보며 목청을 다해 소리치고 응원했던 기억이 난다. 그러고 보면 짧게는 몇 미터, 길게는 한 바퀴 이상 남은 꼴등 주자도 포기하고 중간에 걸어 들어가는 것을 본적이 없다. 이어달리기를 해본

적이 없어서 모르지만 그들만이 알고 있는 규칙이 있는 것일까? 아니면 그들을 응원하는 관중에 대한 책임감 때문일까? 이유가 무엇이 됐든 그 장면을 바라보는 사람들에게 완주하는 것이 순위보다 중요하다는 이치를 깨닫게 하기에는 충분하다. 어쩌면 달리기는 가장 인간다운, 인생을 비추는 경기일지도 모른다.

*

지금 나는 마치 운동회가 한창인 운동장 위 레인을 따라 뛰고 있는 것과 같은 기분이 든다. 뛰다가 넘어진 순간이라고 하는 것이 더욱 현재 상황에 알맞은 묘사인 것 같다. 나는 선두로 달려오던 주자로부터 바통을 넘겨받자마자 잘 뛰고 싶은 마음이 앞서 발이 미끄러지며 넘어졌다. 착지하면서 바닥에 쓸린 손바닥과 무릎에는 운동장 모래들이 박혀 있고, 곧 피가 맺힌다. 아찔하다. 다른 팀 주자들이 나를 지나친다. 창피하다. 어차피 진 게임인 것만 같다. 다시 뛰어도 따라잡지 못할 바에야 일어서고 싶지 않다. 그런데 이 순간 "괜찮아.", "일어나." 하는 소리가 운동장 가득 울려 퍼진다.

'그래 내가 지금 일어나지 않으면, 모두가 실망할 거야. 아니 내가 제일 실망할지도 몰라. 다음 운동회가 될 때까지 계속 나 때문에 졌다고 자책할 거야. 넘어지기 전으로 돌아갈 수 없다면, 내가 지금 할 수 있는 일은 다시 달리는 일이야. 다른 팀 선수들을 따라잡는 것이 중요한 것이 아니야. 나를 위해서 응원하는 친구들에게 다시 일어나 뛰는 모습을 보여주고 싶어. 아픈 몸으로도 끝까지 달리는 책임감 있는 모습을 보여주고 싶어. 다시 일어나자.'

나를 응원해주는 사람들이 보인다. 그들의 마음이 들린다. 저마다 다른 이유와 방식으로 나를 응원한다. 피 흘리는 상처를 보고 안타까워하며 다시 일어나지 않아도 괜찮다고 말해주는 소리가 들린다. 후배들이 나의 당찬 모습을 보고 용기를 가질 수 있도록 힘내서 뛰어보는 건 어떻겠냐는 말도 들린다. 꼭 이기지 않아도 되니까 완주를 목표 삼아 뛰다 보면 다른 기회가 생길 수 있으니 힘내 보라는 이야기가 들린다. 각기 살아온 길과 가치관에 따라 다른 방법으로 두 손 모아 나를 응원하는 것을 느낀다.

그저께 복귀 전 마지막으로 의사 선생님을 뵈었다. 1년 전보다 많이 지쳐 보인다고 하셨다. 1년 전에는 너무나 충격적인 사건 속에서 스스로를 지키기 위해 그랬던 것이었는지 지금보다 힘이 있어 보이고 강해 보였다면, 지금은 전쟁이 끝나고 난 뒤 지친 병사의 모습 같다고 하셨다. 전쟁 후의 번아웃. 막상 전쟁 중에는 눈에도 들어오지 않던 상처들이 이제 슬슬 보이고, '아, 이렇게나 많이 다쳤구나. 힘들다. 이제 진짜 지쳤다.'라는 생각을 하는 것 같다고 하셨다. 그러면서 복귀하면 정말 힘들 거라고 직원들의 이해를 좀 얻는 것이 좋겠다는 말씀을 하셨다. 아직 너무 힘들어서 병원도 다니고 약을 먹고 있다고 이야기하는 것도 좋겠다고 하셨다.

＊ ＊

　의외였다. 지난 진료 때의 의사 선생님의 모습과는 사뭇 달랐다. 그때 나는 정말 포기하고 싶었다. 모든 것을 내려놓고 싶었다. 5월 중순부터 몸과 마음이 급격히 안 좋아지기 시작해서 복귀는 커녕 하루하루 사는 것조차 버거워졌다. 스트레스가 심해서 장염을 앓았고, 먹으면 바로 탈이 나서 먹지 못하니 힘이 나지 않았다. 악순환이었다. 순간순간 다시 죽음에 대한 생각들이 떠올랐다. 결국 나의 인생도 내가 스스로 모든 것을 포기해야 하는 상황으로 몰리고 있는 느낌이 들었다. 그래야 이 반복적인 고통의 고리가 끊어질 수 있을 것만 같았다. 아파하는 나를 보면서 의사 선생님도 계속 복귀를 미뤘으면 하셨다. 좀 더 시간을 갖자고 하셨다.

　그러던 차에 서울시의 인사과장님을 만났다. 그간 개명, 공무상 재해 등 인사 관련 문제를 챙겨주신 것만으로도 감사한데 복귀와 관련하여 만나서 이야기를 나누자고 하셨다. 워낙 바쁘신 분께서 직접 챙겨주시니 감사한 마음도 한편에 있었지만, 나 때문에 괜한 일을 얹어드린 것 같아서 죄송한 마음이 컸다. 나라는 사람과 내가 겪은 일 때문에 새로운 일이 생기는 것이 싫다. 나 때문에 누군가 번거로워지는 것이 불편하다.

과장님께서 좋아하시는 곳이라며 알려주신 장소에 가서 여기저기 둘러보며 입구 왼쪽 홀에서 가장 조용해 보이는 자리를 잡았다. 혹시나 누가 알아보진 않을까 벽을 바라보고 앉아 있는데, 뒷 테이블 쪽에서 예산 삭감 이야기가 들렸다. 본청에 들렀다 왔다는 이야기가 들렸다. 내 또래의 시청 직원들이다. 청첩 모임인 듯했다. 떨렸다. 혹시 나를 알아보진 않을까, 과장님을 알아보진 않을까, 우리가 나누는 이야기를 듣지는 않을까, 지금 자리를 옮기면 오히려 시선이 집중되지는 않을까 고민하던 찰나에 전화가 울렸다. 과장님이시다. 나는 얼른 짐을 챙겨 반대편 홀로 이동했다. 아까는 한산했던 홀이 꽉 차서 식사를 하기에 다소 옹색해 보이는 좁은 테이블 하나밖에는 남은 자리가 없었다. 일찍 왔는데 좋은 자리를 잡아두지 못한 것이 죄송했다.

과장님께서는 어쩌면 어려울 수도 있는 개인적인 이야기를 꺼내시며 나를 편안하게 해주셨다. 그런 과장님의 배려에 마음이 따뜻해졌다. 선배로서, 여성으로서 나를 지지하고 응원해주셨다. 조직 개편 등 여러 상황을 종합하여 나의 상황에 맞는 부서를 추천해주셨다. 나는 사실 복귀가 어려울 것 같다고, 모든 것을 내려놓고 싶다고 말씀드리러 나왔다고 말씀드리니 과장님의 눈시울이 붉어지는 것이 보였다. 그냥 덤덤히 그러지 말라고 하시며 본인의 지나온 삶에 대해 이야기해주셨다. 30년 넘는 공직 생활 동안 어떤 마음으로 지내 오셨는지, 여성으로서, 말단 공무원으로서 하나하나 배워가고 성장하며 맡은 업무에 자부심을 가지고, 지금의 자리에 걸맞는 업무역량과 마음가짐을 갖게 된 과정에 대해 말씀해주셨다.

　너무 멋진 인생이었다. 후배 공무원으로서, 여성 공무원으로서 본받고 싶었지만 이내 나에겐 요원한 일인 것처럼 느껴졌다. 그런 마음을 느끼셨는지 과장님께서는 말을 계속 이어나가셨다.

　"자기 부모님은 얼마나 행복하시겠어. 이렇게 예쁘고 똑똑한 딸이 있으시니까. 자기는 정말 복 받은 거야. 자기는 잘 할 수 있어."

　사실 왜 그토록 괴로운 자리로 다시 돌아가고 싶은 것인지 이해가 되지 않았다. 나는 잘못한 것이 없기 때문에 내 자리를 되찾고 싶다는 오기 때문에 다른 사람들과 나 스스로를 힘들게 하고 있는 것은 아닌지 의심스러웠다. 확신이 들지 않았다. 그런데 내가 속한 조직의 인사과장님께서 그렇게 말씀해주시니, 모든 의심이 사라졌다. 내가 조직에 다시 돌아가서 적응하는 것을 바라고 응원하는 사람들이 있구나. 모두 나를 문제 유발자처럼 바라보고 피할 것 같았는데 그래도 나를 안타깝게 바라보는 사람들이 있구나.

과장님의 말씀이 너무 감사했다. 내가 오늘 이 벼랑 끝에서 모든 것을 내려놓겠다고 했을 때에, 어쩌면 과장님께서 아쉬운 듯 걱정하는 듯 나 편한 대로 하라고 말씀하실 줄 알았다. 벼랑 끝에서 두 발을 모두 허공에 내딛는 것처럼 조금은 두려운 마음이었다. 곧 절벽 아래로 떨어져 버리고 모든 것이 끝날 것만 같았는데 과장님의 위로가 내가 떨어지지 않도록 들어 올려 허공 위에 또 다른 길을 내어주었다.

희망이었다. 절망의 끝에서 희망을 만난 것이다. 어안이 벙벙하고 허공 위에 떠 있는 기분이었다. 희망은 그런 느낌이다. 어디로 가도 길이 열리고, 허공에 발을 내디뎌도 길이 이어지는 느낌.

그렇게 과장님과의 자리를 마치며 과장님께서는 한 번 더 마음에 새길만한 말씀을 해주셨다.

"과장님, 저 시청이 조금 무서워요. 4월 이후에 처음 시청 근처에 온 거예요."

"4월과 7월. 특별한 의미부여를 하지 마. 그냥 오늘이야. 당당하고 자신 있게 지내자"

조직 내 성폭력 피해자에게 있어 조직 내부의 조력자로부터 받을 수 있는 위로는 상당하다. 아니 결정적이다. 나는 이렇게 좋은 분을 통해 위로받고, 현실적인 도움을 받았기 때문에 내 자리로 돌아가기 위한 험하고 굽은 길, 그 길의 막다른 끝에서 다시 희망을 볼 수 있었다. 과장님께서 결정적인 그 순간 내밀어주신 손 덕분에 나의 영혼이 위로받고, 나의 의지가 다시 설 수 있었다. 나는 다시 일어서 달려가겠다고 마음먹었다.

병원으로 가는 버스

　　며칠 전 동생 생일상을 준비하기 위해 엄마와 마트에 갔던 날, 숨이 막히고 현기증이 나고 머릿속이 핑글핑글 어지럽고 진열대의 물건들이 둥둥 떠다니는 것처럼 느껴졌다. 공황이다. 지하라서 그런 건지, 조명이 너무 밝아서 그런 건지, 물건이 너무 많아서 그런 건지 이유를 생각해본다. 나의 몸이 느끼는 것을 낱낱이 이해하고 싶다. 그런데 알 수가 없다. 어디가 어떻게 아픈지도, 어떨 때 증상이 나타나는지도, 내가 어떻게 대비해야 하는지도 알 수 없다. 그냥 나는 이제 숨이 막히면 또 숨이 막히는가 보다, 어지러우면 또 어지러운가 보다 한다.

　　1년 만에 버스를 탔다. 1년이 넘는 시간 동안 병원에 갈 때마다 아빠가 데려다주셨다. 퇴원 후 지하철을 타다가 공황을 겪은 이후로 지하철을 타는 것이 무서웠다. 간혹 아빠가 일이 생기면 코로나 바이러스를 핑계로 택시를 이용하곤 했다. 오늘은 오거돈 전 부산시장의 1심 판결이 나온 날이다. 포털사이트와 TV를 통해 기사를 접하며, 1년이 넘는 시간 동안 괴로운 시간을 보냈을 피해자분이 떠올라 마음이 먹먹했다. 끝없이 고통스러운 시간이겠지만, 그 시간을 걸어가고 있는 피해자분이 대단하게 느껴지기도 하고 사법 절차를 통해 피해를 인정받는 그녀가 부럽기도 했다.

나의 지난 1년을 돌이켜본다. 피의자가 사망하여 공소권 없음으로 처리된 이 사건이, 제대로 법의 판단을 받을 수 있었다면 어땠을까. 온전히 나에게 그 짐을 두고 떠난 이를 원망하기도 해본다. 하지만 곧 살아 있는 권력과의 치열하고 지난한 싸움 속에서 나는 아마 지금 겪는 고통보다 더 괴로웠을 것이라며 스스로를 위로한다.

처음에 고소를 진행하기로 마음먹었을 당시의 생각이 그랬다. 소송 절차와 언론 플레이를 통해 나를 정신 나간 사람으로 만들 것만 같았다. 지금처럼 나를 음해하는 상황들을 예측했다. 그런 상황을 예견했음에도 불구하고 나는, 아닌 것은 아니라고 말할 수 있는 사회라고 생각했다. 내가 사는 이 사회가 아닌 것은 아니라고 말할 수 있는 사회여야만 한다고 생각했다. 그래서 용기를 내게 되었다. 그렇다면 1년 전, 모든 것을 바꿀 수 있을 그때로 돌아간다면 지금과는 다른 결정을 했을지에 대해 생각해본다.

나는 지금 너무 괴롭고 힘들지만, 다시 돌아가도 같은 결정을 할 것이다. 내가 바라는 것은 한 가지이다. 잘못한 사람이 벌을 받

고, 죄를 뉘우치는 일. 더 좋은 세상을 위한 이상적인 이야기가 아
니다. 지극히 현실적이고 상식적인 이야기이다. 잘못한 사람은 내
가 아니다. 후회는 잘못한 사람의 몫이다. 나는 당당하다.

과감하게 점을 찍을 줄 아는 지혜

————————

————————

————————

서울시 인사과에서 복귀를 위해 의사 선생님의 진단서가 필요하다는 연락을 받았다. 내가 정상적인 업무를 수행할 수 있다는 건강 상태 확인이 필요하니 제출하라는 것이었다. 며칠 전 인사과장님과의 면담을 통해 복귀하기로 결정했는데, 이 절차는 무엇인지 당황스러웠다. 의사 선생님께서 진단서를 안 써주시면 나는 복귀를 못하는 것일까. 지나온 상담 중에 복귀를 미루는 것이 좋겠다는 의견을 주셨던 선생님이셨기 때문에 걱정이 됐다. 복귀를 할 수 있는 상태라는 것은 무엇일까. 며칠 밤을 고민했다.

나도 내가 위태로운 상태라는 것은 알았다. 최근 공군에서 일어난 성폭력 사건 때문에 심리적으로 상당히 무너져 있는 상태였다. 결국 나의 사건도 내가 생을 마감해야만 끝이 날 것 같은 생각이 들었다. 모든 싱폭력 피해의 괴로움은 필연적으로 죽음과 맞닿아 있고, 피해자가 죽음으로써만 끝낼 수 있는 것 같다는 생각이 나의 모든 생각을 잠식시켰다. 죽고 싶다는 생각을 품고 거의 한 달 동안 밖에 나가지 않고 침대에서만 지냈다. 이런 상태로 복귀하는 것은 어려울 것 같았다. 나도 내가 어떻게 될지 확신할 수 없었다. 일터로 돌아가고 싶다는 마음을 조건 없이 반기기보다, 발생할 수 있는 위험들에 대해 고려해야만 하는 행정적인 절차가 야속하게 느껴지기도 했다.

솟구치는 괴로움을 견딜 수 없어 지금 당장이라도 죽고 싶은 마음이 들다가도 한편으로 억울했다. 지금까지 나를 아프게 했던 사람들은 나의 죽음에 기뻐할 것 같았다. 오히려 나를 사랑하고 지지했던 사람들이 아파할 것이 걱정되었다. 의사 선생님께서 언젠가 그런 말씀을 하신 것이 기억났다. 본인만 생각하지 않고 다른 사람의 상황을 생각하게 되었다면, 많이 회복된 것이라고.

나는 조금씩 나의 상황을 객관적으로 보려고 노력했다. 내가 죽으면 내가 겪은 일이 정말 없던 일처럼 되어버릴지도 모른다. 내가 이렇게 살아 있는데도 살아 있는 사람의 인권과 존재를 무시한 채 벌어지는 일들이 놀랍다. 하물며 내가 죽는다면 어떤 일이 벌어질까. 내가 살아 누렸어야 마땅한 시간과 그를 통해 얻을 수 있던 행복은 어떻게 보상받을까. 보상받을 수 있는 방법이 없다. 죽기로 결심한 순간 내가 그것들을 포기하는 것이기 때문이다. 나는 그래서 죽을 수 없다. 나는 나의, 내가 가진, 내가 누려야 할 권리들을 포기하고 싶지 않다. 나는 살고 싶다.

*

이렇게 나는 살려고 작정했다. 죽고 싶다는 말은 살려달라는 뜻이라는 말을 어디선가 들었다. 돌이켜보면 나는 죽고 싶다는 말을 사건 초기부터 했고, 감사하게도 그러한 마음을 표현할 사람들이 많았다. 가족, 친구, 변호사님, 지원단체, 의사 선생님, 상담 선생님. 씩씩한 척하면서도 죽고 싶다는 말은 정말 많이 했다. 그 덕분에 내가 많은 위기 속에서도 지금 이곳에서 살아 있음을 느낀다. 죽고 싶다고 절규했기 때문에 주변 사람들이 나를 도와줄 수 있었다. 살고 싶어서 그랬던 것 같다. 아마 정말 죽을 것이라면 조용히 죽어버렸겠지. 마음을 다잡고, 이왕 살기로 했다면 잘 살아보자고 마음먹는다. 그리고 과연 잘 사는 것이 무엇일까 생각한다.

예전에는 삶이 쭉 이어진 선이고, 길이고, 그 위를 걸어가는 여정이라고 생각했다. 모든 일들은 이어져 있고, 이유가 없이 발생하는 일들이 없으며, 나는 과거의 시간에서 현재 삶에 필요한 것을 가져오고, 그것들이 미래로 이어진다고 생각했다.

그런데 그 과정이 너무나 피곤하게 느껴졌다. 인생 자체가 선이 아니라 무수히 많은 점일 뿐인데 그것들을 나의 의지로 억지로 이으려고 해온 것 같다는 생각이 들었다. 어떤 일을 그 자체로만 보고, 더 이상의 의미를 부여하지 않고, 그냥 놔두는 것이 현명해 보였다. 점으로 보기. 점처럼 살기. 딱 거기까지. 선을 옆으로 이어나가는 것이 아니라 과감하게 점을 찍을 줄 아는 지혜가 필요하다.

원인을 찾으려고 하지도 말고, 앞으로 어떻게 될지 고민하지도 말고 점을 그냥 점대로 내버려두는 것. 생각의 고리, 어둠의 터널에 머무르지 않고 다른 생각을 환기하기 위해 또 다른 점을 찍는 것. 이 과정 속에서 나는 괴로움이 점점 더 커져서 나를 압도하는 비극으로부터 나를 지킬 수 있다.

그래서 후련하게 생각했다. 이제부터는 내가 원하는 대로가 아니라, 정해지는 대로 살기로 마음먹었다. 살기로 마음먹었지만 상황이 여의치 않아 복귀를 못하면 어떠냐는 생각으로 내려놓았다. 낭떠러지, 막다른 길에서 다시 한번 두 발을 허공에 내딛었다.

내려놓았다고는 하지만 내심 긴장되는 마음으로 진료실에 들어가 의사 선생님께 상황을 말씀드렸더니 흔쾌히 진단서를 써준다고 하셨다.

"복귀하고 싶은 마음이 들 때는 과감하게 해보는 거예요. 미루다 보면 점점 자신이 없어질 수도 있어요. 진단서, 당연히 써야죠."

나에게 할 수 있다고 용기를 주시는 이야기가 가슴에 오래 머물렀다. 나는 잘 살아야 하는 이유가 많다. 잘 살아야만 한다. 잘 살 수 있다. 잘 살 것이다. 길의 끝에서 허공에 몸을 던졌을 때, 나를 받쳐주는 또 다른 길이 생겨나는 것을 다시 한번 느꼈다. 나는 이제 무서울 것이 없다.

복귀하는 마음

━━━━━━━━━━
━━━━━━━━━━
━━━━━━━━━━

요원한 일로만 생각되던 '복귀'가 점점 현실로 다가오는 것을 온몸으로 느끼며, 마음속이 무척이나 복잡하고 힘들었다. 성폭력 피해자에게는 '일상으로의 복귀'가 무엇보다 중요하다고 하는데, 그 일상이 꼭 직장이어야 할까. 먼저 다른 일상들을 회복하고 직장으로 복귀하는 것이 안전하지 않을까. 이불 속에 파묻혀 내가 원하지 않으면 언제든 꺼버릴 수 있는 작은 세상만 바라보며 1년이 넘는 시간을 보냈던 나로서는 '서울시청'이라는 곳을 상상하는 것만으로 숨이 막혔다. 그런데, 내가 겪었던 고통스러운 시간의 배경이자 가해자의 장례를 성대하게 치렀던 곳. 그곳을 향해 나를 둘러싼 모든 공기가, 내 시선이, 두 발이, 심장이 움직여야 하는 때가 왔다.

친척들과 친구들도 만나지 못하고 우리 네 식구, 변호사님, 지원단체, 의사 선생님, 상담 선생님만 만나고 지내왔다. 아직 다른 사람들을 마주칠 자신이 없는데, 나로 하여금 두 명의 가해자와 피해 사실을 상기시키는 그 끔찍한 곳으로 꼭 복귀하여야만 하는 것일까. 그곳에는 아직도 가해자들을 두둔하고, 나의 피해 사실을 인정하지 않는 사람들이 버젓이 지내는데, 내가 그곳으로 돌아가는 것이 가능하기나 한 것일까.

*

너무 무섭다. 나를 위협하는 사람들에게 바뀐 얼굴과 이름, 집 주소, 연락처마저 들킬까 봐 두렵고, 그들이 언제든 마음만 먹으면 나를 찾아와서 해칠까 봐 무섭다. 복귀 논의가 한창이던 때, 박원순 시장 사망 1주년을 기리기 위해 곳곳에서 추모제를 연다는 소식에 소름이 끼쳤다. 그 말이 어떤 신호탄이 되어 지지자들을 결집하고 나를 다시금 공격하려고 준비하고 있는 것 같았다.

아직 위태로운 나의 마음이 크고 작은 사건들을 견뎌낼 수 있을지 자신이 없다. 게다가 그 공간이 내가 나를 지키기에 안전하다고 확신이 들지 않는 곳이라면 더더욱. 그곳에 과연 내가 잘 살기를 바라는 사람들이 있을까. 내가 잘 사는 모습이 누군가에게는 참을 수 없는 고통이나 분노의 원인인 것은 아닐까. 내 삶을 향한 다른 사람들의 시선에서 자유롭지 못함을 느낀다. 내 삶인데 다른 사람들의 시선을 신경 쓰는 내 자신이 밉다.

복귀를 앞두고 두려워하는 나를 걱정하며 지원단체에서는 '자기방어훈련'이란 걸 준비해주셨고, 강의를 통해 복귀 이후 지나게 될 모든 동선을 짚어가며 호신술을 알려주셨다. 다시 혼자 눈을 감고 과연 나는 이 새로운 전투를 위한 준비가 된 것인지, 집을 나서는 순간부터 상상을 해본다. 집 앞 버스 정류장에 다다르고 버스에 한 발을 딛고 올라타는 순간에서부터 심장이 오그라든다. 심호흡을 하고 조금 지나 세종대로에 내려 걷다보면 청사 근처에 다다르고, 프레스센터 앞 횡단보도를 건너 흡연구역을 지나며 담배 냄새가 나는 쪽을 보면, 몇몇 아는 얼굴들이 스친다. 상상일 뿐인데도 나는 재빨리 고개를 돌린다. 그 뒤 계속 고개를 푹 숙이고 바닥만 쳐다보며 청사 게이트에 다다른다. 이쯤 상상하는 것만으로 숨이 가쁘다.

늘 밝게 인사하며 지나던 게이트 앞 방호주임님들의 얼굴이 너무 반갑지만, 아는 체를 할 자신이 없어 눈을 피한다. 아무리 생각해도 자신이 없다. 잠이 오질 않는다. 수면제를 먹어도 잠이 안 오고, 자다가 놀라서 깨어보면 온몸이 젖어있다. 온몸이 눈물을 쏟아내는 것 같다. 제발 이 끔찍한 전쟁터에 나가지 말아 달라고 말리는 것 같다. 소화가 되질 않고 먹은 것은 모두 설사를 한다. 문득문득 내 처지가 스스로 애처로워서 울컥하며 눈물이 흐른다.

＊＊

복귀를 준비하면서 2차 가해를 했던 직원들에 대한 조사와
관련한 논의를 하게 되었다. 나를 괴롭게 했던 대부분의 직원들은
별정직이라 이미 퇴직한 이후였지만 몇몇 직원들이 남아 있는 터
였다. '복귀'라는 이벤트 자체에 집중하기에도 숨이 막히고 초조
한 마음인데, 내가 돌아가야 할 조직의 상급자들에 대한 조사와
징계에 대한 생각을 하는 것은 너무나 괴로운 일이었다. 그 사람
들을 일터에서 마주치고 아무렇지 않게 지나칠 자신이 없다. 그
렇지만 내가 돌아갈 곳에서 다른 직원들이 나를 어떻게 바라볼
지에 대해서도 자유롭지 못했다. 더 이상 트러블메이커가 되고 싶
지 않았다.

조사를 할지, 징계를 내릴지에 대해서 피해자 의견을 구하는
것은 너무나 잔인한 일이다. 잘못이 있다고 판단되면 조사를 하
는 것이지만, 당사자가 부인하는 사실에 대해 조사를 하려면 피해
자의 의지가 중요하기 때문인 듯하다. 나는 결정할 수 없었다. 나
와의 대화를 악의적으로 편집하여 언론에 유포했던 사람을 어떻
게 용서할 수 있을까. 하지만 나는 용서해야 한다. 내가 평생 다녀
야할 직장에서 더 이상 문제를 만들고 싶지 않다.

의사 선생님은 현재 내 상태를 '매 맞기를 기다리는 순간'과
비슷하다고 표현했다. 막상 맞고 나면 별거 없을 수도 있는데 '매

맞을 것'이 결정된 순간부터 계속 긴장되고 떨리고 막연하게 두려운 상태라고. 그 감정이 어떤 것일지 이해가 가기도 했지만 표현이 어쩐지 조금 이상했다. 차라리 내가 무언가 잘못한 상황이라면 매를 맞는 것이 후련하기라도 할 것 같았다. 내가 잘못한 대가로 매를 맞는다면 내 잘못이 씻기는 기분이라도 들지 않을까. 그런데 잘못한 것이 없는 내가 매맞는 것을 마음 졸이며 기다려야 하는 이 순간이 너무 억울했다. 왜 나에게 너무도 당연했던 것들을 회복하는 일이 매맞는 일처럼 괴롭게 느껴지는 것일까. 이 상황이 너무도 억울했다.

그러다가 금세 또 다른 의미에서 이상함을 느꼈다. 사실 아무도 나에게 매를 맞으라고 한 적이 없다. 내가 스스로 매를 맞겠다고 줄을 서 있는 상황이었다. 사건을 겪으며 숱하게 나 스스로를 괴롭히기도 했지만, 이렇게까지 해야 하는 것일까 되물었다. 주변에서도 말렸다. 아직 회복도 되지 않았는데 너무 서두르는 것 아니냐고.

나는 아직 아프다. 빨리 괜찮아져야 한다는 조급한 마음에 의사 선생님 몰래 약을 끊으면 밤새 잠을 한숨도 못 잔다. '어제 잠을 못 잤으니 오늘은 잘 수 있겠지'라는 생각으로 오늘도 약을 안 먹으면 여지없이 또 잠을 못 잔다. 그렇게 오기로 3일 정도를 버티고는 이내 포기한다. 아직 때가 아니구나. 너무 서글프다. 내가 아프다는 것을 인정하고 싶지 않다.

의사 선생님은 일을 하면 나아질 수 있을 거라고 했다. 지금 다 회복이 된 것도 아니고, 복귀를 미뤘으면 좋겠지만 일과 활동을 하고 몸이 피곤해지면 잠을 잘 잘 수 있을 거라고 한다. 업무에 적응하고 또 다른 스트레스를 받느라 지금 이 고통에서 조금 멀어질 수 있을 거라고 한다. 그래 어쩌면 나는 회복하기 위해 복귀를 해야 하는지도 모른다. 내가 생각하는 완전한 회복이란 없을지도 모른다. 가만히 기다린다고 해서 다가오는 것이 아닐지도 모른다. 오히려 완전히 회복되기를 기다리며 주저앉아 있는 시간이 길어질수록 스스로 뒤처진다는 생각에 스스로가 더 비참해지고, 누구도 보상해주지 않는 나의 값진 시간들을 흘려보내게 될지도 모른다. 그래, 어차피 언젠가 겪어야 할 일이라면 도전해보고 싶다. 아니라면 빨리 다른 길을 찾는 것이 나을지도 모르니까.

돌아보면 나는 많은 사람들이 반대하는 길을 지나며 걸어왔다. 4월의 신고도, 7월의 고소도, 3월의 기자회견도 숱한 반대에 부딪혔고, 그럴 때마다 반대하는 의견을 충분히 듣고 고민했지만, 결국에는 그들을 설득하며 한 걸음씩 내디뎠다. 설득과 선택의 매 순간이 최선이었는지에 대해서는 아직 잘 모르겠다. 여전히 그 선택으로 인해 파생된 괴로운 순간들을 겪어내는 과정 중에 있기 때문이다.

나를 사랑하고, 응원하는 사람들 덕분에 내가 오늘 이 자리에 살아 있음에 진심으로 감사하다. 그들은 내가 인생을 포기하고 싶은 순간마다 손을 내밀어주었고, 따뜻한 말과 뜨거운 눈물로 나를 위로해주었다. 하지만 그중에서도 가장 중요한 일은, 내가 나 스스로를 포기하지 않고 누구보다 더욱 사랑하고 응원하는 일이었다. 이 끔찍하고 고통스러운 일을 겪으면서 깨달았다. 나에게 가장 잔인하게 상처 주는 사람도 나이고, 나를 가장 충만하게 사랑할 수 있는 사람도 나라는 사실이다. 생각지도 못한 일이 내 인생에 일어났을 때 스스로를 탓하거나 비관하지 않고, 그 고난을 극복해나가는 과정을 응원하며 나의 모습을 있는 그대로 사랑하는 것. 그 마음이라면 이제 어떤 일이든 이겨낼 수 있을 것 같다.

시간이 흐르고 흘러 언젠가 나 스스로 이렇게 말하는 순간을 상상한다.

"그때 그렇게 한 건 정말 잘한 선택이었어!"

그리고 누군가에게 이렇게 말할 수 있기를 기대한다.

"누구도 상상할 수 없을 만큼 힘들었지만, 나는 다시 돌아가도 나의 삶을 살 거야."

5부

가족의 목소리

김잔디 어머니 글

―――――――――――――

―――――――――――――

―――――――――――――

2020년 7월 10일의 일이다. 박원순 서울시장이 숨진 채로 발견된 날 아침, 내 딸은 김재련 변호사의 연락을 받고 외출했다. 변호사님이 차를 가지고 딸아이를 태우러 왔다. 아마 변호사님은 박 시장이 주검으로 발견된 직후 극심한 불안과 두려움을 호소하는 내 딸을 혼자 내버려둬서는 안 된다고 생각했던 모양이다. 딸아이는 변호사님과 함께 은평구에 있는 한국여성의전화 사무실로 간다고 하면서 나갔다. 그러고선 한참 후에 딸아이 전화를 받았다.

"엄마~, 나 지금 정신병원에 바로 입원하려고 해."
"뭐? 정신병원? 변호사 바꿔. 나 지금 여기 29층인데, 당장 우리 딸 데려오지 않으면 여기서 뛰어내릴 거예요. 당장 내 딸 데려오세요!"

2020년 7월 8일, 우리 딸은 박원순 시장을 고소하겠다면서 변호사들과 서울지방경찰청을 방문했다. 그리고 집을 나선 지 13시간 만에 새벽에 집에 돌아왔다.

　　집에 들어오며 우리 딸은 무언가 흔쾌하지 않은 표정으로 이렇게 말했다.

　　"엄마, 경찰청이 난리 났어. 새로 부임한 서울경찰청장이 부산시 오거돈 시장 사건도 담당했었는데, 왜 자신이 부임하는 데마다 시장들이 이러는 거야 할 수도 있다고 하더라."

　　그 말을 듣고 살짝 이상한 생각이 들기도 했다. 박원순 시장 고소는 극비의 보안 속에서 비밀리에 하기로 했는데 벌써 경찰청이 시끄럽다면, 그리고 청장의 이런 시큰둥한 반응까지 예상하다니.

　　새벽 3시에 들어온 딸은 6시에 일어나 또 대책회의를 해야 한다고 했다. 박원순 시장과 딸아이가 근무하던 서울시청 6층을 압수수색할 것 같다고, 그렇게 하지 않으면 비밀이 새어 나갈 거니까, 경찰이 압수수색영장을 빨리 청구할 것 같다고 했다. 사안이 긴박하게 돌아가는 모양이었다.

　　아침 일찍 여성단체 선생님들을 만난다고 집을 나갔다가 몇

　　　　　　　　　가족의 목소리

시에 들어왔는지 기억도 안 난다. 그러는 사이 갑자기 뉴스 속보에 박원순 시장이 실종됐다는 보도가 나오고 있었다.

이건 또 무언가?

딸아이는 얼굴이 사색이 되어서 말했다.

"엄마, 어디 가서 죽은 건 아니겠지? 그런 일은 아니겠지?"

난 할 말이 없었다. 내가 예상하고 있는 것을 그대로 말한다면 불쌍한 우리 딸이 충격을 받을까 봐 아무 말도 할 수 없었다. 상황이 이렇게 돌아간다면 십중팔구 자살이라는 것을 나는 감지할 수 있었다. 그것은 두렵고도 끔찍한 예감이었다.

겨우, 아닐 거라고 딸을 안심시키고 재운 뒤에 나는 계속 뉴스 속보를 보고 있었는데 그게 밤 12시경까지였고 하루 종일 신경이 곤두서 있던 나 역시 그사이 잠이 들었다. 그리고 새벽 4시에 일어나 뉴스를 켜보니 박 시장이 주검으로 발견된 상황이었다.

덜컥 겁이 났고 딸아이가 걱정됐다. '이걸 어떡하지? 우리 딸을 어쩌면 좋지?' 난 발을 구르며 딸아이가 잠에서 깨어나기만을 기다렸다.

7시가 지나서 잠에서 깬 딸은 핸드폰 문자를 확인하는가 싶더니 아무 말이 없었다. 누군가가 이미 알려준 거겠지.

　나는 조심스럽게 딸아이와 대화를 시도했다.

　"잔디야, 누구한테 문자 왔어?"

　"응 친구. 어떻게 된 거야?"

　"죽었대."

　그러자 우리 딸은 갑자기 오열하며 울기 시작했다.

　"나 때문에 사람이 죽었어. 내가 사람을 죽였나 봐. 엄마, 나 장례식에 가봐야겠어."

　딸아이는 정신이 쏙 빠져나간 사람 같았다. 나는 갑자기 이런 상황에 화가 났다. 딸의 이런 반응이 이해도 되지 않았고 이해하고 싶지도 않았다. 도대체 딸아이에게 무슨 잘못이 있다는 말인가.

　"네가 왜 죽어? 박 시장이 잘못했는데, 자기가 잘못한 거 알고 죽음으로 끝낸 거지. 절대로 잔디, 네가 죽인 게 아니라고. 그렇게 생각해서는 안 돼."

　공무원 시험에 합격한 후 서울시 관할 작은 사업소에서 근무하던 우리 딸이 처음 서울시장 비서가 됐다고 했을 때 나는 나름대로 많은 조언을 했다. 같은 여자이고 어미 된 입장에서 해주고 싶은 말들이 많았다. 그때 내가 해준 조언 중에는 이런 말도 있었다.

"비서라는 자리는 아무것도 표가 안 날 수 있지만 네가 어떻게 하느냐에 따라 그 사람이 성공을 할 수도 있을 거야."

딸아이도 나의 조언에 귀를 기울였다. 나는 이런 말도 해줬다.

"매일 아침 신문을 정리해 둔다든가 그 사람이 일을 할 때 필요하거나 참고하면 좋을 만한 책을 보고 조언한다든가, 얼마든지 네가 의미 있는 일을 만들면 할 일이 아주 많은 자리란다. 만약에 그분이 대통령까지 된다면 너의 그런 노력이 헛되지 않게 되는 거지."

나의 믿음대로 우리 딸은 그가 정말 훌륭한 시정을 돌볼 수 있도록 지혜롭게 최선을 다해서 보필 해왔을 것이다. 나는 그것을 믿어 의심치 않는다. 그런데 결국 박 시장은 우리 딸을 한갓 자신에게 말초적인 쾌감을 안겨주는 성적 대상으로만 보았을 뿐이다. 처음에 딸아이로부터 그런 사실을 들었을 때, 배신감과 분노 때문에 온몸이 부르르 떨릴 정도였다. 하지만 고소 건에 대해서는 나도 보수적인 입장이었다. 고소를 반대한 것이다.

노심초사 딸아이 연락을 기다리고 있는 나에게 딸아이는 정신병원에 입원하겠다는 전화를 해온 것이다. 그러잖아도 엄청난 충격을 받은 내 딸이 차가운 병실에 홀로 있을 생각을 하니 나는 정신을 차릴 수가 없었다. 그래서 나는 내 딸을 보고서 자초지종을 들어야만 했다. 내 눈으로 보고 확인하고 자기 스스로 결정한 것이라면 입원을 허락할 수밖에 없다는 생각도 했다.

그런데 변호사와 여성단체 선생님 두 분과 같이 집에 온 내 딸은 주섬주섬 짐을 싸고 시간이 늦기 전에 가야 한다고 서둘러서 먼저 집을 나서는 거였다. 나는 너무 허무하고 화가 났다. 우리 딸이 이젠 자기를 낳고 길러준 엄마보다도 변호사와 여성단체 선생님을 더 믿고 있다는 생각이 들어 서운하고 허탈했다.

그런데 그도 그럴 것이 이 세상이 어떻게 돌아가고 있는지 나는 여태 아무것도 모르고 눈을 닫고 귀를 닫고 살아온 셈이었다. 세상은 하루가 다르게 변하는데 그렇게 변화에 무심한 채 보낸 세월이 너무 길었던 것이다.

그래서 딸아이로부터 처음 사건의 전말을 들었을 때도 정작 내가 내보인 반응은 이런 것이었다.

"왜 진작 말하지 않았어? 사회생활 하다 보면 다 그러고 살아.

우리나라 직장 여성 8~90%는 그런 경험 다 해봤을 거야. 그냥 문제 삼지 말고 네가 참아."

이런 말을 쏟아부을 때도 나는 그것이 2차 가해가 될 수 있다는 사실조차 몰랐다. 2차 가해라는 단어도 딸아이가 음해와 공격을 받으면서 알았으니까.

이 엄마는 최초의 2차 가해자였던 것이다. 나중에 안 일이지만 딸아이를 당장 내 앞에 데려다 놓지 않으면 29층에서 뛰어내린다는 내 소리를 듣고 변호사님과 선생님들은 우리 딸을 엄마와 두는 것이 더욱 불안하게 느껴졌다고 한다.

그런 부분에서 딸아이에게 나는 참 미안한 마음이 든다. 내가 박원순 시장 고소 사실이 시장 측에 유출되는 데 결정적인 역할을 한 임순영 서울시 젠더특보의 면직 소식을 듣고 만감이 교차해서 입장문을 쓴 것은 그 때문이다. 여기에 그 입장문 전문을 소개한다.

〈김잔디 어머니의 호소문〉

저는 피해자의 어미로서 임순영 젠더특보의 면직에 대한 기사가 가슴을 찌르는 비수로 다가왔습니다.

고소장이 접수되기 전에 김영순 한국여성단체연합 상임대표와 남인순 현직 국회의원과 임순영 젠더특보가 사실에 대해 알고 있었고, 전 시장에게 전달했음에도 지금까지도 사실을 밝히지 않고 오히려 여성 인권 운동을 통해 여성 인권을 위해 일해야 하는 사람들이 입을 다물고 있음으로 해서 피해자는 극심한 고통과 절망 속에서 하루하루 시간을 죽이고 있습니다.

그들은 가해자의 죄를 인정하지 않기 위해 피해호소인이라는 단어를 만들어 내고, 장례를 서울시기관장으로 대대적으로 치르며 피해자를 억누르고, 피소 사실을 유출하지 않았다고 잡아떼고, 오히려 피해자를 향해 사자명예훼손으로 고발한다고까지 했습니다.

가해자가 죽음으로 사건을 종료했기에 우리는 억울하지만 거기서 멈출 수도 있었습니다. 그러나 피해자를 가짜 미투로 몰아가는 지지자들 때문에 목소리를 내기 시작했고, 왜 이제 와서 고소를 했냐는 질문에 답하기 위해 주위 사람들에게 호소해왔다고 주장한 것뿐인데, 많은 악플러들의 악플들은 차마 입에 담을 수도 없는 것들이었습니다.

피해자는 하루에도 몇 번씩 "엄마, 내가 죽으면 인정할까?"라는 말을 합니다. 자기의 모든 비밀번호를 가르쳐주며 만일을 위해 기억하고 있으라고 합니다. 우리는 단지 사실을 인정하고 못 지켜주어서 미안하다는 말을 듣고 싶은 것뿐이었습니다. 그리고 다시는 같은 일들이 일어나지 않기를 바라는 것이었습니다. 그런데 책임지고 피해자를 지켜주어야 할 당사자들과 서울시 고위직들은 여전히 사실을 은폐하고, 있던 사

가족의 목소리

실을 지워버리려 서울시 소유의 가해자 핸드폰을 가족들에게 반환했다는 사실까지 전해 들었을 때 느꼈던 비통하고 참혹한 감정을 어떠한 말로도 토해낼 수가 없습니다.

어느 모녀가 변사체로 발견됐다는 기사가 나오면 유심히 들여다보며 어떻게 죽을 수 있는지 연구하는 표정이 어떤 것인지 그들은 모를 것입니다. 저는 우리 딸 앞에서 지난 6개월 동안 숨도 제대로 못 쉬었습니다. 가슴이 답답하고 터져버릴 것 같아 대성통곡이라도 하고 싶지만 저는 우리 딸 앞에서 절대로 내색을 하지 못했습니다. 내가 힘들다고 하면 같이 죽자고 하기 때문입니다.

저는 말합니다. 죽으면 또 악성 지지자들이 '그것 보라고 지가 잘못했으니 죽은 거'라고 할 거라고, 그럴수록 더 씩씩하게 살자고 겨우 달래 놓으면, 이낙연 대표가 나와서 사과 같지 않은 사과를 하고, 또 달래 놓으면 윤준병 의원이 사필귀정이라는 둥 뭐라 하고, 또 달래 놓으면 진혜원 검사가 꽃뱀이 어쩌고 뭐라 하고, 김주명, 오성규, 민경국, 김민웅 같은 사람들이 나와서 또 한마디씩 황당한 소리를 하고, 그런 상황이 되풀이되면서 우리는 정신적으로 육체적으로 피폐해졌습니다.

남인순, 김영순, 임순영, 이 사람들이 알고 있는 사실을 그날 전하지 않았다면 지금쯤은 사실이 확실히 드러났을 것입니다. 그래서 더 이상 피해자가 거짓 미투를 했다는 둥, 이미 수사기관에 갖다 준 핸드폰을 니것이나 까라는 둥, 피해자가 직접 나와 해명하라는 둥, 오히려 피해자가 추행을 유도했다는 둥 하는 헛소리들이 난무하지는 않았을 것입니다.

이제는 인터넷상에 실명과 실물 사진, 동영상까지 유포하며 온갖 수단으로 피해자를 공격하고 있습니다. 죽음으로 모든 책임을 회피한 그의 명예만 소중하고 밝은 미래를 향해 꿈을 키워온 작고 작은 피해자의 명예는 이렇게 더럽혀져도 되는 것인지.

사건 당일 그에게 사실을 전달한 남인순 국회의원, 김영순 상임대표, 임순영 젠더특보는 피해자로 하여금 사실을 확인할 길조차 차단해 버린 원흉들입니다. 그들이 사실을 진즉에 밝혀만 주었어도 피해자는 그토록 큰 고통 속에서 박원순 지지자들에게 질타를 받으며 살고 있지는 않을 것입니다.

제발 지금이라도 그들이 정신을 차리고 정의를 실현하는 모습을 보여주기를 바랍니다. 이 대한민국이 아직은 살만한 나라라고 생각할 수 있도록 만들어주기를 바랍니다. 피해자가 다시금 제자리로 돌아가 평범한 일상을 살아갈 수 있게 되기를 바랍니다.

2021년 1월 17일

김잔디 동생 글

──────────

──────────

──────────

　누나와 나는 여느 남매들처럼 어렸을 때 많이 싸웠다. 내가 세 살 때부터 부모님께서 맞벌이를 시작하셨는데, 어머니는 누나에게 늘 '엄마가 없을 때는 네가 동생의 엄마가 되어야 한다.'고 말씀하셨다. 그 말씀대로 누나는 나의 두 번째 엄마가 되어 밥도 차려주고 내가 잘못하면 혼을 내기도 했다. 내가 아무리 먼저 잘못했어도 누나에게 혼나는 것이 싫었다. 그래서 대들어보기도 했지만 유년 시절에 2살 차이는 생각보다 컸는지 싸울 때마다 나는 엉엉 울면서 질 수밖에 없었다. 나는 억울함과 분노에 차서 어머니께서 오시기까지 기다렸다가 누나가 나를 혼냈다고 이르곤 했다. 그럼 어머니께서는 누나를 꾸짖어 주시곤 했다.

　그렇게 애증과 같은 시간을 누나와 함께 보내다가 둘 다 중학생이 되었을 때도 여전히 나는 누나와 싸우곤 했다. 그런데 어느 순간 내가 힘으로 누나를 이기고 있다는 느낌이 들었다. 문득 '이제 내가 누나를 지켜줘야 하는 때가 되었구나.'라는 생각이 직관적으로 들었다. 어렸을 때 어머니께서 누나한테만 두 번째 엄마가 되라고 한 것이 아니라, 나 또한 누나의 아빠가 되어야 한다고 하셨던 말씀이 떠올랐다. 그때부터 나는 누나와 싸우게 될 것 같을 때 가끔 내가 먼저 미안하다고 하기 시작했다.

대학교 시절 누나와 함께 자취하게 되었을 때에도 우리는 여전히 평범한 남매들처럼 티격태격했다. 하지만 어렸을 때처럼 마냥 싸우던 것과 결이 많이 달랐다. 성인이 된 누나는 인생 선배로서 나에게 진심을 담아 조언하는 것을 아끼지 않았다. 내가 진로에 대해 고민할 때 '치열하되 치졸하지 말라.'는 말을 해주면서 어떤 가치관을 가지고 남은 20대와 앞으로의 삶을 살아가야 할지 알려주었다. 그렇게 누나는 나의 멘토가 되어주었다.

내가 아는 누구보다도 치열하게 살아온 누나는 아버지를 따라서 공무원이 되기로 결심했다. 노량진에서 대한민국 공시생들이 겪는 고난을 누나도 역시 온전히 겪고서 마침내 서울시 공무원이 되었다. 발령 후 5개월 정도 되었을 때 갑자기 시장실 비서직이 되는 면접을 보러 갔다가 선발되었다는 소식을 들었다. 그게 2015년의 일이었다. 대한민국 수도를 이끄는 리더의 비서가 된다는 것은 명예로운 일이라고 생각했기에 진심으로 응원하고 축하해주었다. 그때부터 나는 날마다 자기 전에 우리 가족을 위해 기도하면서 서울시장 비서가 된 누나를 위해서도 기도했다.

누나는 서울시장 비서가 되고 나서 처음에 많이 힘들어했다. 새벽에 가서 시장과 비서관들의 아침을 챙겨야 할 때가 많았고 시장의 모든 스케줄을 외우고 있다가 적절한 시간에 필요한 부분을 채워야 했다. 주말에 갑자기 일정이 잡히면 휴일을 반납하고 갑자기 출근해야 하는 경우도 많았다. 그래도 누나는 꾹 참고 버텼고, 연차가 쌓일수록 비서실에서 인정을 받고 있다는 느낌이 들었다. 종종 시청 근처로 누나를 찾아가 식사를 하면서 이야기를 하다 보면 누나는 업무에 자신감이 있어 보였고 서울시장 비서실에서 중요한 역할을 맡고 있다고 생각되었다. 부서장에게 인정받는 누나처럼 나도 열심히 전문성을 키워서 인정받고 싶다는 생각이 들었다.

2017년 여름 즈음 누나는 고된 비서실 업무에 지쳐 보였다. 가족이 함께 피서를 떠났는데 이번에는 꼭 인사이동을 하고 싶다고 했다. 그런데 밤 열한 시가 넘어서 누나가 핸드폰을 보면서 심각해졌다. 시장님에게 연락이 왔다고 하면서 누나가 다른 부서로 이동하는 것에 긍정적이지 않다는 것이었다. 누나가 아무리 업무 시간이 불규칙한 비서일지라도 휴가 기간의 그 시간에 연락이 오는 것은 좀 이상하다고 느꼈다.

누나는 박 전 시장과 비서관들의 만류와 설득으로 인해 몇 번이나 인사이동을 하지 못하고 있다가 마침내 부서를 옮겼다. 그런데 그 후에도 늦은 밤에 박 전 시장의 연락이 계속 오고 비서실에서 누나가 필요하다는 메시지를 보내온다고 했지만, 누나는 다시 돌아가고 싶지 않다고 했다. 왜 그들이 이렇게까지 누나를 찾는지 이해되지 않았다.

＊

2020년 4월 말, 누나가 많이 힘들어한다는 어머니 말씀에 오랜만에 누나의 집에 갔다. 어디가 힘든지 이야기를 들으러 갔는데 오히려 누나는 내가 좋아하는 샤브샤브를 직접 만들어주며 평소보다 너무 친절하게 대해주었다. 누나가 생각보다 괜찮은 상태인 것 같다고 느끼며 되돌아가는 길에 최근 시청 비서관이 동료 직원을 성폭력 한 사건(4월 사건)이 있었다는 기사를 보았다. 나는 '누나, 이런 일이 있었대…' 하면서 누나에게 그 기사를 전달하고 말았다. 며칠 후 누나가 그 동료 직원인 것을 알았을 때, 내 앞에서 아무렇지 않은 척했던 누나가 떠올라 마음이 너무 아팠다. 누나는 그런 아픔을 겪고도 여전히 나의 두 번째 엄마가 되어야 한다고 생각했던 것이다.

그 사건 후 성폭력으로 인한 상처에 대해 상담이 이뤄지면서 누나는 그동안 박 전 시장으로부터 시달렸던 성적인 메시지와 성추행이 누나에게 끼쳤던 심리적 피해를 다시금 확인하게 되었다. 가족들은 그 사실을 듣고서 박 전 시장에 대한 배신감이 너무 컸

가족의 목소리

다. 그동안 우리 가족에게 직접 연락해서 온갖 좋은 말로 칭찬하면서 속으로는 누나를 성적 대상화하였다는 것이 너무 화가 났고 혐오스러웠다. 가끔씩 친히 연락해주면 고마워하고 좋아해 하는 우리 가족이 얼마나 우스워 보였을까. 그리고 누나가 박 전 시장으로 인해 얼마나 긴 시간을 혼자서 괴로워했을지 자꾸 생각이 나 가슴이 먹먹해졌다.

**

누나는 박 전 시장에게 받은 피해에 대한 진정성 있는 사과를 받기 위한 소송을 제기하기로 결심했다. 가족들은 말 그대로 계란으로 바위치기라는 생각이 들어 처음에는 반대를 하기도 했다. 차기 대선주자인 서울시장에게 성추행, 성폭력 관련 소송을 제기하면 그와 그를 지지하는 세력들이 어떻게 해서든 누나의 피해 사실을 부정하려고 할 것은 너무나 뻔한 사실이었다. 그렇지만 가족들은 결국 누나가 받은 피해로부터 치유되기 위해서는 상대방의 진심 어린 사과를 받는 것이 최우선이라는 사실을 받아들였다. 그리고 우리 가족은 누나가 앞으로 헤쳐 나가야 할 모든 과정을 끝까지 함께 이겨내리라 결심했다.

2020년 7월 8일, 경찰청에 박 전 시장으로부터 받은 성적 피해에 대한 고소장을 접수한 누나는 다음 날 새벽까지 조사를 받고 돌아왔다. 그런데 다음 날인 7월 9일 박 전 시장이 실종되었고, 7월 10일 자정 무렵 그는 자살한 채 발견되었다. 모든 것이 예상치 못한 방향으로 갑작스럽게 진행되었다. 어떤 식으로든 박 전 시장에게 고소 사실이 유출되었고, 그는 진심으로 사과하는 대신 죽음으로 잘못을 회피하는 비겁한 방법을 택했다. 서울시는 박 전 시장의 장례를 서울특별시장(葬)으로 치렀고, 이것은 죽어서도 여전히 남아 있는 박 전 시장의 위력을 느끼기에 충분했다. 누나가 더 이상 그 위력에 눌리지 않고 살아나가기 위해선 누나의 피해 사실에 대해 세상에 알리는 기자회견을 최대한 빨리 열 수밖에 없었다. 박 전 시장을 지지하는 사람들은 이때 고인에 대한 모독이라며 분노했지만, 고인은 아무런 사과 없이 죽음으로써 누나와 우리 가족을 모독했다.

그 후 누나는 박 전 시장 지지자들의 2차 가해에 고스란히 노출되었다. 그 내용들을 다시 말하고 싶지 않다. 누나는 새로운 2차 가해가 생길 때마다 너무나 힘들어했다. 그때마다 나는 무서웠다. 누나가 '이 모든 과정이 너무 힘들어서 차라리 죽는 게 낫겠다고, 그게 저들이 바라는 것'일 거라고 말할 때면 정말 더 이상 살아가기를 포기할까 봐 걱정되고 무서웠다. 내가 할 수 있는 것이라곤 누나의 이름이나 사진이 올라오는지 날마다 모니터링하여 커뮤니티 사이트에 삭제를 요청하고 사이버 경찰에 신고하는 것이 전부였다. 내가 누나를 완전하게 지켜줄 수 없다는 무력감이 가슴을 짓눌렀다.

　계속된 2차 가해 속에서 누나는 살아가기를 포기하지 않았다. 오히려 온몸으로 살고 싶다고 외치는 듯한 누나의 간절한 마음이 느껴졌다. 4월 사건 재판 중 박 전 시장으로 인한 누나의 피해 사실인정, 국가인권위의 박 전 시장의 성적 언동 인정 등 완전하지는 않지만 누나의 피해가 사실로 인정되었다. 누나는 진심 어린 사과를 받기 위해 시작했는데 누나의 피해 사실을 인정받기까지 너무 오랜 시간이 걸렸다. 하지만, 박 전 시장의 변호인이라는 사람이 나타나 누나와 관련된 글을 SNS에 올리고 누나의 피해 사실을 다시 부정하기 시작했다. 죽은 지 일 년이 넘어서도 그의 위력은 여전히 살아 있다.

　누나는 이 괴로움의 굴레에서 벗어나 일상으로 되돌아가는 첫걸음으로 업무에 복귀했다. 나는 누나가 평범한 삶을 되찾고 행복하게 살았으면 좋겠다고 응원했다. 하지만 누나의 곁에 계신 어머니께서는 말씀하셨다. '우리는 지금 행복을 찾을 수 있는 여유로운 삶보다 지옥 같은 죽음에 더 가까워. 누나는 지금 죽을힘을 다해 버티고 있는 거야.' 가해자는 죽어서도 여전히 살아 있는 것 같고, 피해자는 살아서도 죽은 것 같은 이 상황이 국민 행복의 완성을 공약으로 걸었던 현 정부의 대한민국이다. 누구보다도 치열하게 업무를 수행한 누나를 꽃뱀이라고 조롱한 사람이 이 나라의 검사이며, 누나가 살기 위해 몸부림치며 목소리 낸 것을 정치적

중립 위반이라고 비판하는 언론인은 이 나라에서 유일무이하게 중립적이고 실력 있는 언론인으로 추켜세워진다. 나는 오늘도 출근길에 대중교통에서 울려 퍼지는 그 언론인의 목소리를 들으며 고통으로 하루를 시작한다. 그리고 생각한다. 죽을힘을 다해 버티고 있는 누나가 출근길에 이 목소리를 듣지 않았으면 좋겠다고. 평범한 꿈을 가지고 그저 열심히 살았을 뿐인 누나에게 비수처럼 꽂히는 가혹한 가해가 이제 제발 끝났으면 좋겠다고.

아래에 붙이는 글은 내가 누나에게 가해지는 2차 가해와 피해자 입장을 조금도 고려하지 못하는 서울시와 경찰의 후속 조치를 보다 못해 2021년 초에 작성한 호소문이다.

〈김잔디 동생의 호소문〉

저는 피해자의 동생입니다. 지난 6개월간 저희 가족은 말 그대로 죽지 못해 살고 있습니다.

누나는 불안감과 공포심, 미래에 대한 불확실성으로 가득 차 있는 심리 상태입니다. 흔히들 시간이 약이라고 합니다. 하지만 6개월 전보다 나아진 것은 아무것도 없습니다. 오히려 상황은 점점 극단으로 치달았습니다. 끊임없이 지속되고 있는 피해 사실 부정 및 은폐를 위한 일련의 과정, 그리고 2차 가해로 인해 누나는 삶의 의욕이 점점 더 희미해지고 있습니다.

어머니께서는 누나 곁에서 24시간 함께 계셔야 합니다. 누나는 혼자서 잘 수가 없습니다. 한 번은 4월 사건의 피고인에게, 한 번은 박 전 시장에게 성폭행당하는 꿈을 꾸기 때문입니다. 어머니는 자신의 숨을 죽이고 누나의 숨을 들으며 상태를 살핍니다. 어머니께서는 누나가 힘들어서 울면 같이 울고, 욕하면 같이 욕하면서 자신의 삶을 태워 누나의 삶을 겨우겨우 밝혀가십니다.

아버지께서는 박 전 시장이 자살하고 누나의 성추행 피해 사실이 전면적으로 부정되는 상황에 이르렀을 때 '이렇게 억울하게 끝날 바에야 다 같이 죽자'고 하셨습니다. 삶의 어떤 고난도 꿋꿋하게 이겨내신 아버지께서 그런 말씀을 하시고 누나에 대한 걱정으로 점점 여위어 가시는 것을 보면 가슴이 먹먹해집니다.

저는 아침이 되면 혹시 누나가 밤사이에 나쁜 마음을 먹고 실행하지는 않았을까 걱정하면서 누나와 엄마의 안위를 확인해야 했습니다. 최근에는 2차 가해가 더욱 심각해지면서 누나의 신상이 포함된 정보나 사진이 노출되지는 않았는지 국내외 사이트를 수시로 검색하여 신고합니다. 이렇게라도 하지 않으면 누나의 삶에 대한 불안감과 회의감이 더욱더 심각해질까 봐 무섭기 때문입니다.

저희 가족의 고통은 4월 성폭행 사건, 박 전 시장의 성추행과 자살로 시작되었습니다. 그리고 크게 두 가지 이유로 언제가 끝일지도 모르게 지속되고 있습니다.

첫 번째 이유는 박 전 시장이 자살한 날, 미투 혹은 피소에 대한 사실을 알고 있었고 그것을 박 전 시장에게 전달한 세 명(김영순 한국여성단체연합 상임대표, 임순영 젠더특보, 남인순 의원)이 그날 바로 사실대로 밝히지 않았기 때문입니다. 그리고 6개월여의 시간 동안 함구하고 있었기 때문입니다. 남인순 의원은 그 당시 '아는 바가 없다'고 했다가, 최근에는 '피소 사실은 몰랐으며 전달한 적 없고 무슨 일 있느냐고 묻기만 했다'며 자신은 결백하다는 듯이 말했습니다. 그리고 남 의원은 사실을 알고 있으면서도 여당 여성의원 카톡방에서 누나를 지칭할 때 '피해호소인'이라는 명칭을 사용해야 한다고 주장했습니다. 남 의원을 비롯한 김영순 상임대표, 임순영 젠더특보로 인해 결과적으로 누나는 피해 사실을 증명하고 가해자의 사과를 받을 기회조차 잃게 되었습니다.

누나는 진정한 사과를 받고 싶을 뿐이었습니다. 처음 누나가 피해 사실을 신고하겠다고 했을 때 저희 가족은 계란으로 바위치기일 거라고 했습니다. 하지만 누나는 가족에게 자신은 혼자가 아니라고, 도와주시는 많은 분들이 있다고, 자신과 같은 피해자가 더는 생기면 안된다며 용기를 냈습니다. 그런데 누나와 같은 피해 여성의 인권을 지켜주실 거라 철석같이 믿었던 분들이 누나를 외면하고 입을 굳게 닫았습니다.

두 번째는 끊임없는 2차 가해 때문입니다. 박 전 시장의 장례식 이후 어떤 기관장은 누나에게 살의를 느낀다고 했습니다. 그 후 누나의 신상이 여기저기 노출되고 있다는 것을 알았을 때 누나는 신변의 위협을 느끼지 않을 수 없었습니다. 누나는 혹시 누가 집에 찾아와 위해를 가하지는 않을까 노심초사하며 임시 거처로 이동할 수밖에 없었습니다. 어떤 검사는 박 전 시장과 팔짱을 끼고 찍은 사진으로 자신이 박 전 시장을 성추행했다고 게시했고, 최근에는 꽃뱀이 발생하는 이유에 대한 글을 게시해 누나를 직간접적으로 조롱했습니다.

민경국 전 서울시 인사기획비서관은 누나의 편지를 공개했습니다. 그 뒤 김민웅 교수는 민경국 전 비서관의 게시글과 같은 편지라면서 누나의 이름이 포함된 편지 원본 사진을 게시했습니다. 짧은 순간 동안만 게시되었고 실수였다고 했지만, 누군가는 그 짧은 순간에 캡처한 편지 원본 사진을 지금도 온갖 인터넷 커뮤니티에 새 글로 게시하고 있습니다. 누나는 그때마다 불안감과 신변의 위협을 다시 느끼며 고통스러워합니다.

오성규 전 비서실장은 경찰 수사 발표가 있던 날, 기다렸다는 듯이 박 전 시장의 성추행에 대한 고소는 거짓 고소임이 밝혀졌다고 강력하게 누나에게 경고하며, 자신은 피눈물을 흘리며 경찰 및 인권위 조사를 받았다고 했습니다. 그 다음 날 검찰에서 성추행 방조에 대한 불기소 처분과 박 전 시장이 누나에게 '문제가 될 소지가 있는 문자를 했다는 것'을 발표하자 오성규 전 비서실장은 아무런 반응을 보이지 않았습니다. 그래도 거짓 고소입니까. 정치에 뜻이 있거나 영향력 있는 분들이 누나의 성추행 피해 사실을 부정하는 말을 할 때마다 누나와 가족들이 흘린 피눈물은 바다를 이룰 지경입니다.

최근 경찰의 박 전 시장 성추행 사건에 대한 '공소권 없음' 발표, 검찰의 비서실 직원들의 방조와 피소사실 유출에 대한 '불기소 처리' 발표, 그리고 박 전 시장이 '문제가 될 소지가 있는 문자를 했다'는 것과 '이번 파고는 넘을 수 없을 것 같다'고 했던 정황이 드러났습니다. 그리고 4월 성폭력 사건 재판에서도 박 전 시장의 성추행으로 인해 누나가 심리적 고통을 받은 것은 '틀림없는 사실'이라고 간접적으로 판단되었습니다. 이런 상황에서 서울시는 경찰의 수사 발표가 끝났다고 박 전 시장의 공용폰을 피해자에게는 아무 말도 없이 유가족에게 돌려주었다고 합니다. 증거 인멸의 우려가 없다고 하면서 말입니다.

박 전 시장을 기억하고 기리는 분들의 게시글을 보면 대부분 마지막에 '고인의 뜻을 따라서 사회적 약자를 존중하는 세상으로 나아가자'는 의미의 메시지들이 눈에 띕니다. 그분의 업적을 무시하고 폄하하고 싶지는 않습니다. 하지만 그분의 위대한 업적들이 그분의 잘못을 덮을 수는 없습니다. 증거를 가져오라고 많이들 말씀하시는데, 누나의 모든 증거는 경찰과 인권위에 제출되었습니다. 그리고 그렇게 확신에 차서 '그분은 절대로 그럴 분이 아니다'라고 말씀하시면서 합리적인 의심이라고 하시는데, 그렇다면 지금까지 밝혀진 정황 속에서 절대로 성추행이 아니라는 명명백백한 증거를 보여주십시오. 그럴 수 없다면 감히, 함부로 누나가 꽃뱀이라고 말하지 마십시오. 그러면서 사회적 약자를 존중한다고 거짓말하지 마십시오. 저희 누나를 정치적으로 이용하지 마십시오. 누나가 바라는 것은 박 전 시장의 성추행과 그와 관련한 2차 가해들에 대한 진정성 있는 사과를 받고 일상으로 다시 복귀하는 것입니다. 검찰

가족의 목소리

과 법원, 인권위에서는 진실을 밝혀주시기 위해 끝까지 노력해주시기를 부탁드립니다. 한 개인이 자치단체의 장, 그리고 차기 대선후보까지도 거론되던 인물과의 송사를 결심하기까지는 엄청난 용기가 필요했습니다. 수사기관과 사법기관, 인권기관에 대한 신뢰를 바탕으로 결단하여 여기까지 왔음을 알아주십시오.

누나는 생명의 위협을 느끼고 있습니다. 언론 관계자분들께서는 누나에 대한 사소한 정보라도 신중히 발표하고 또 다른 2차 가해를 촉발하지는 않을지 여러 차례 검토하여 기사화하여 주시길 간절히 부탁드립니다. 그리고 서울시는 복귀 부서와 시기에 대한 것뿐만 아니라 구체적이고 실제적인 방안을 마련해주시기를 부탁드립니다.

2021년 1월 17일

김잔디 동생 글

에필로그

인간 박원순을 감히 이해해보려 했습니다

박원순 시장은 2017년 1월경부터 나에게 본격적으로 사적인 연락을 하기 시작했다. 2016년 하반기부터 시작된 사적 연락은 2017년 1월 박 시장의 대선 불출마 선언 이후 대다수 비서진들이 교체되는 과정에서 노골화됐다. 아마도 대권 포기에 따른 감정적인 위태로움이 있었고 그때부터 말단 비서였던 나에게 의지한 게 아닌가 싶다. "잔디는 날 떠나지 않을 거지?", "나랑 끝까지 함께 있을 거지?"라고 불안해하는 사람에게 인간적인 측은함을 느꼈다. 말단 공무원이었던 나와는 차원이 다른 세상에 사는 사람이고 사회적으로 이룬 업적이 많은 사람이지만, 인간으로서 나는 감히 서울시장에게 측은지심을 느꼈다. 사업에 실패했을 때, 믿고 의지하던 사람들이 모두 떠났다는 허무함과 고독함에 우울증을 앓는 엄마를 옆에서 지켜본 적이 있다. 엄마를 보던 안타까운 마음으로 그를 대했다.

＊

시간이 지나며 그는 나에게 밤늦은 시간, 사적으로 연락하는 일이 잦아졌고, 내가 그를 이해하려고 노력하고 참아내는 일이 점점 힘겨워졌다. 야한 농담을 하면서 집에 찾아온다고 하거나 스킨십을 요구하는 일이 늘어났다. 날이 갈수록 무서워졌다. 그의 업무수첩에는 비서진 인적사항을 정리한 프로필이 있었기 때문에 그가 마음만 먹으면 홀로 자취를 하는 우리집에 찾아오는 것이 어려운 일은 아니었다.

그의 사적인 연락에 나는 그의 기분이 상하지 않도록, 그와 나 둘 모두에게 안전한 방법이라고 판단했던 방법으로, 가까스로 힘겹게 선을 지키며 온갖 방법을 다해 그가 스스로에게 부끄러운 일을 멈출 수 있도록 유도했다. 고통스러운 시간을 끝낼 수 있는 방법은 그가 스스로 부끄러운 일을 그만하도록 만드는 것이었다. 이 또한 비서의 책무라고 착각했다.

그러나 그 일은 내 생각처럼 쉽지 않았다. 서울시장이 이렇게 한가한 자리인가. 나를 얼마나 신뢰하기에, 아니 나를 얼마나 우습게 보기에 이런 무모하고 대담한 일들을 벌이는 것일까. 그가 잠시 잠깐 나와의 유희를 즐기며 스트레스를 해소하고, 시정에 집중할 수 있다면 나는 나의 고통을 자랑스럽게 여겨야 하는 것일까. 그것이 내 희생의 공적인 의미가 될 수 있을까. 참을 수 없는 자괴감과 모멸감을 비서로서의 역할이라 세뇌하며 안간힘을 다해 연락을 마무리한 후 두려운 마음으로 잠에 들면 그가 현관문을 열고 갑자기 내 방에 들이닥치는 꿈에 시달렸다.

참을 수 없이 괴로웠고, 그 사실을 다른 사람들에게 말할 수도 없었다. 그의 정치인생에 의지하고 있는 수많은 사람들과 그 가족들을 생각하면 그에 대해 조금이라도 흠집을 낸다는 것은 상상할 수도 없는 일이었다. 너무 무서웠다. 이 일을 공론화 시키는 꿈을 꾼 적이 있다. 그런데 그때 내가 믿고 이야기 했던 보좌관은 나를 죽이려고 했다.

시간이 지날수록 견딜 수 없는 괴로움이 더해졌기에 내가 표현할 수 있는 한 최선을 다해 순화하여 동료와 상사에게 나의 인사 고충, 성적 고충을 에둘러 표현했다. 그들이 혹시 나의 피해를 내 탓으로 돌리지는 않을까 조심스럽기도 했다. 나는 이토록 괴로운 상황에서 하루빨리 벗어나고 싶어서 계속해서 부서이동에 대해 요구했지만 그때마다 시장 혹은 비서실장 등의 만류로 부서이동은 좌절되었다. 공무원으로서 시장실에서의 경험은 1년이면 족하다. 꼭두새벽부터 한밤중까지, 그리고 주말에도 헌신하면서 특별히 얻을 것은 없다는 것을 잘 알면서도 나는 누군가의 편의를 위해 그 자리를 빌트인 가구처럼 지켜야만 했다.

2018년 6월 서울시장 3선이 확정된 후부터 심각한 위기의 순간을 겪었다. 그는 선을 넘었고, 멈추지 않았다. 어떤 제왕적인 권력을 이룬 사람처럼 느껴졌다. 무서운 것이 없어 보였다. 시청 내실(침실)에서 나에게 직접 스킨십을 요구했다. 그러나 말단 공무원으로서 나는 그의 존재와 성취 앞에 무력했고, 문제 삼고 싶지 않았다. 아니 두려웠다. 이 일을 크게 만들었을 때 내가 감당해야 할 현실이 무서웠다. 나를 보호하기 위해 함구했다. 내가 조용히 숨죽이는 것으로 끝날 수 있는 일이라면, 내가 할 수 있는 한 최선을 다해 참고 싶었다. 그래서 최대한 그의 기분을 상하지 않게 그의 행동을 멈추도록 하려고 노력했다. 그럴 때면 나는 나 자신이 어린아이를 어르고 달래는 어른의 모습같이 느껴지기도 했다.

어쩌면 나의 괴롭고 오랜 헌신으로 위태롭게 유지된 그의 자리가 무너지는 것을 나조차도 인정하고 싶지 않았던 것인지도 모른다. 그 자리는 그 사람의 능력만으로 간 자리가 아니라 나를 포함한 많은 사람들의 노력과 열정을 통해 얻은 자리이기 때문이다. 그것을 본인의 잘못으로 무너뜨리려고 하는 것을 나조차 허락할 수 없었다. 그리고 그의 행동에 완곡하게나마 거부 의사를 표하면 제정신을 차릴 수 있는 사람이라고 기대했다. 그런데 아니었다. 결국 나는 2019년 시장실로부터 탈출해 다른 부서로 이동했지만, 사적 연락은 계속되었고, 수위도 심각해졌다. 이제 다른 부서로 갔으니 몰래 만나기 좋겠다고 했고, 2020년 2월에는 텔레그램 대화를 통해 성관계에 대한 상세한 묘사를 했다. 수치스러웠다. 나를, 내 4년의 헌신을 도대체 어떻게 생각하는지 의심스러웠다. 그 뒤 계속해서 똑같은 악몽에 시달렸다. 그럼에도, 나는 시장이기 이전 인간이었던 박원순을 감히 이해해보려고 했다.

나는 피해호소인이 아닙니다

— 박원순 성폭력 사건 피해자가 살아낸, 끝날 수 없는 생존의 기록

지은이   김잔디

2022년 1월 21일 초판 1쇄 발행
2022년 1월 24일 초판 2쇄 발행

책임편집   김창한 김도언
기획편집   선완규 김창한
마케팅   신해원
디자인   형태와내용사이

펴낸곳   천년의상상
등록   2012년 2월 14일 제2020-000078호
전화   031-8004-0272
이메일   imagine1000@naver.com
블로그   blog.naver.com/imagine1000

ⓒ 김잔디 2022

ISBN   979-11-90413-33-6 03810